Cyril
Massarotto

Warum hast du mich vergessen?

Roman

Aus dem Französischen von
Nicola Volland

List Taschenbuch

Besuchen Sie uns im Internet:
www.list-taschenbuch.de

MIX
Papier aus verantwortungsvollen Quellen
FSC® C083411

Deutsche Erstausgabe im List Taschenbuch
List ist ein Verlag der Ullstein Buchverlage GmbH, Berlin.
1. Auflage Juni 2014

Titel der französischen Originalausgabe: *Le Premier Oublié* (XO Éditions)
Umschlaggestaltung: bürosüd° GmbH, München
Titelabbildung: www.bürosüd.de, München
Satz: Pinkuin Satz und Datentechnik, Berlin
Gesetzt aus der Minion
Papier: Pamo Super von Arctic Paper Mochenwangen GmbH
Druck und Bindearbeiten: CPI books GmbH, Leck
Printed in Germany
ISBN 978-3-548-61178-5

Erster Teil

1

Der Einsturz

Thomas,
drei Jahre nach Tag A

»Hallo, Mama.«

»Wer sind Sie?«

So stürzte meine Welt ein. Mit diesem einen Satz wurde ich der Erste, den sie vergaß.

Madeleine,
Tag A

An dem Tag war ich im Supermarkt. Ein Tag wie jeder andere, nichts Besonderes, nur noch ein paar Einkäufe für das Wochenende: Gemüse – kein Biogemüse, einfach nur Gemüse – Hähnchen und Tomaten. Ach ja, Tomaten. »Ich sag's dir, Mama, Tomaten sind Obst, wirklich!« Nachdem Thomas das in der Schule gelernt hatte, hatte er es mir so oft gesagt, dass ich Tomaten seitdem nie mehr in die Spalte »Gemüse« auf meiner Einkaufsliste schrieb. Dazu noch ein paar Bananen und ein kleines Netz Äpfel. Und ganz unten in meiner auf ewige Zeiten wiederverwertbaren Tüte zwei aus Kanada importierte Flaschen Ahornsirup für den Nachtisch, die leise aneinanderklirrten. Den mögen meine drei Lieblinge in ihrem Obstsalat ganz besonders gern. Dieser dickflüssige Zucker ist eine richtige Tradition in der Familie geworden. Immer, wenn sie alle zum Essen kommen, am Sonntag oder an einem Feiertag, bekommt jeder von ihnen eine große Schale mit ein paar in einem Meer von Sirup schwimmenden Obststückchen.

Aus jedem Erwachsenen wieder ein Kind zu machen, dieses kleine Wunder vollbringt der Zucker.

Als ich zum Haupteingang bei Kasse 26 (meine Glückszahl, mein Hochzeitstag) hinausging, konnte ich mich nicht mehr daran erinnern, wo ich geparkt hatte. Das passierte mir in den letzten Jahren ständig, ich vergaß, wo mein Auto stand, wusste nicht mehr genau, in welcher Reihe ich es geparkt hatte. Das war immer schon ein bisschen so gewesen, das habe ich sicher von meiner Mutter, die ihren Lebtag lang immer alles vergaß, Namen und Daten verwechselte und nie ihre Schlüssel fand; mein Vater nannte sie »Schussel«, und ich hatte lange geglaubt, ein Schussel sei eine Art kleine Maus, ich weiß nicht, warum, aber ich fand, das passte gut zu dem Wort. Normalerweise fiel mir das, was ich vergessen hatte, immer wieder ein, ich brauchte mich nur ein bisschen zu konzentrieren. Also, wo hatte ich jetzt das Auto geparkt, rechts neben dem großen Unterstand für die Einkaufswagen oder eher links bei den Behindertenparkplätzen? Ich wusste es nicht mehr. Geduld, nur nicht aufregen. Gleich, in einer

Minute, oder nicht mal, in einer halben vielleicht, würde es mir wieder einfallen.

Wie immer.

Die Minute war lang; sie dauerte sicher zwei oder drei. Und obwohl ich durchaus geduldig war, erinnerte ich mich nicht. Ich blieb ganz ruhig und beschloss dann, ein bisschen über den Parkplatz zu schlendern, ich war sicher, dass ich früher oder später auf mein Auto stoßen würde. Doch als ich an der ersten Reihe rechts entlangging, war ich plötzlich vor Schreck wie gelähmt: Mein größtes Problem war nicht, dass ich vergessen hatte, wo mein Auto stand. Nein, das eigentliche Problem war, dass ich nicht einmal mehr wusste, ob ich nach einem kleinen roten oder einem großen blauen Fahrzeug suchen musste.

So stürzte an jenem Tag meine Welt ein; ich wurde eine »Vergesserin«.

Thomas,
drei Jahre nach Tag A

»Mama, ich bin es, Thomas!«

»Thomas, ja … Thomas, äh, Sie sind, äh … Nein. Ich kenne Sie nicht.«

Warum ich? Warum vergisst sie *mich*? Wir wussten natürlich, dass es so kommen würde, wir wussten von Anfang an alles, seit die Ärzte – in unserem Fall ein kleiner, braunhaariger, aufgedunsener Mann mit zu kurzen Armen – uns diensteifrig erklärt hatten, dass es für unsere arme Mutter schwer werden würde, und auch für uns, und dass da nichts zu machen sei. Wir wussten alles über den Verfall, die verschiedenen Stadien, den allmählichen Verlust der Selbständigkeit, wir kannten die unmenschlichen Begriffe wie Agnosie, Apraxie, Aphasie und Lebenserwartung. Es gibt nichts Widersprüchlicheres als den Ausdruck »Lebenserwartung«. Wenn jemand mit einem darüber spricht, gibt es nichts mehr zu erwarten. Letztendlich ist da nur noch der Tod, und die einzige Hoffnung besteht darin, dass dieser Tod sich nicht zu lange hinziehen und nicht zu schmerzhaft sein möge.

Das alles wussten wir, auch ich wusste es, ich hatte es akzeptiert, man hat ja sowieso keine Wahl. Aber wenn ich es akzeptiert hatte, dann mit Sicherheit nicht unter diesen Bedingungen! Nicht, wenn sie mich als Ersten vergaß!

Wie ist so etwas möglich? *Mich* kann sie doch nicht vergessen!

»Ich lass dich ein bisschen fernsehen, danach geht es dir besser und du erkennst mich, da bin ich mir sicher.«

»Wie viel Uhr ist es?«

»Neun Uhr morgens, Mama, ich habe bei mir zu Hause übernachtet. Hast du geschlafen?«

»Ich weiß nicht.«

»Aber du erinnerst dich doch an gestern Abend, ich

war hier bei dir, und heute Morgen bin ich wieder da, wie jeden Tag. Und auf dem Weg hierher habe ich deine Medikamente geholt.«

»Ach, Sie wollen mir die Spritze geben?«

»Die Spritze? Welche Spritze?«

»Ach, was weiß ich! Lassen Sie mich bitte fernsehen.«

In diesem Moment trifft es mich wie ein Schlag: Seit ich hier bin, siezt sie mich. Meine Mutter sagt »Sie« zu mir! Gestern Abend war ich ihr Sohn Thomas, und heute Morgen sagt sie »Sie«. Wie kann ich denn in nur einer Nacht aus ihrem Kopf verschwunden sein?

Die Spritze, den Stich, hat sie mir versetzt: keine Spritze der Erinnerung, sondern eine Spritze des Vergessens. Sie muss die Nadel zwischen meine Augen gesetzt haben, denn da tut es sehr weh. Ich reiße die Augen weit auf, damit der Schmerz aufhört, aber ich glaube, er fließt nur ein bisschen in die Schläfen.

»Ich bin doch kein Arzt! Sieh mich an, Mama. Gib mir mal die Fernbedienung, damit ich den Ton etwas leiser stellen kann. Sieh mich an. Du erkennst mich doch, Mama, oder? Ich gebe keine Spritzen, ich bin dein Sohn. Thomas, weißt du, dein Lieblingskind! Nein, war nur ein Scherz! Du liebst uns alle drei gleich, nicht wahr? Deine drei geliebten Kinder! Sag schon, dass du deine drei Kinder alle gleich liebst. Erzähl mir von deinen Kindern, dann erinnerst du dich wieder.«

»Meine Kinder? Ja, ich habe Kinder, natürlich!«

»Also los, erzähl!«

»Da ist der Große, Robert, der kam genau neun Monate nach der Hochzeit zur Welt. Ein Hochzeitsnachtsbaby, wie man so sagte. Ach, wenn Sie wüssten, als Robert klein war, vor allem, als er in die Schule kam, hasste er seinen Vornamen. Dabei hatte ich meinem Mann gesagt, es sei keine gute Idee, ihn so zu nennen wie seinen Großvater. Aber gegen jemanden, der im Krieg gefallen, der für Frankreich gestorben war, gegen einen Träger der Siegesmedaille, keine Chance, dagegen kommen Sie als Enkelin eines Kriegsuntauglichen nicht an. Also gab ich mein Einverständnis zu Robert. Er nannte sich lange Bob, nachdem er erfahren hatte, dass in Amerika alle Bob sagten, wenn sie von Robert de Niro sprachen, dem Schauspieler, wissen Sie. Aber das ging später vorbei, und jetzt als Mann nennt er sich wieder Robert.«

»Dann ist es ja gut.«

»Er ist Gerichtsvollzieher. Das ist eine ordentliche Arbeit, glauben Sie mir. Wir, seine Eltern, haben nie so gut verdient. Sie können das nicht wissen, aber eine Mutter ist immer erleichtert und auch stolz, wenn ihr Sohn es geschafft hat.«

Doch, das weiß ich sehr wohl. Meine Eltern waren stolz auf mich, als mein erster Roman herauskam. Vor allem Papa, er las meine Bücher so oft, dass er sie besser kannte als ich. Mama war auch stolz, aber sie zeigte es weniger. An dem Tag, als sie mich bat, ihr eine Widmung in das Buch zu schreiben, glaubte ich zuerst, es sei ein Scherz, aber als ich merkte, dass es ihr wirklich wichtig war, brauchte ich bestimmt eine Woche, bis mir einfiel, was ich schreiben könnte. Die einzige Widmung, die man seiner Mutter schreiben kann, ist ein Dank – und wie kann man seiner Mutter anders danken, als so gut es geht am Leben zu bleiben? Also schrieb ich: »Für meine Mutter, die mich nicht gefragt hat, ob ich leben wollte, der es aber jeden Tag gelang, mir Lust auf den nächsten zu machen.« Sie sagte nichts, nachdem sie es gelesen hatte, ich glaube, sie war enttäuscht. Ein einfaches »Ich liebe dich« wäre besser angekommen, dessen bin ich mir sicher. Aus dieser Art Widmung machte meine Mutter sich nichts, aber ich hatte natürlich niemals »Ich liebe dich« gesagt, und das jetzt zu schreiben …

»Da wir gerade von Stolz sprechen, wie war es denn mit deinem nächsten Kind? Erzähl mir alles von ihm!«

»Danach bekam ich Juliette, meine Tochter.«

»Nein, vor Juliette!«

»Robert? Von dem habe ich Ihnen doch gerade erzählt.«

»Ja, aber nach Robert?«

»Na, meine Tochter Juliette!«

Nein, verdammt, danach kam doch ich, drei Jahre nach Robert! Ich, und dann zwei Jahre nach mir Juliette, das Nesthäkchen!

»Erzähl mir von ihr.«

»Meine Tochter ist eine ganz Liebe. Sie hat ein eigenes Maklerbüro und arbeitet viel, aber sie kommt mich fast jeden Tag besuchen.«

Nein, das stimmt nicht! Sie kommt nur am Wochenende. Ich komme jeden Tag, nur ich, immer ich, die beiden anderen wohnen zu weit weg, sie haben immer so viel zu tun, sie haben nie genügend Zeit. Verdammt! Ich bin jeden Tag da, die ganze Zeit. Jeden einzelnen Tag, und *mich* erkennst du nicht mehr?

»Ja, Mama, aber zwischen den beiden Kindern, zwischen Robert und Juliette, wen gab es da? Da kam doch …?«

Sie antwortet nicht, sie schaut mich an. Mit leerem Blick.

»Da kam ich, Mama! Dein Sohn Thomas! Der Schriftsteller, über den du immer gesagt hast: ›Er macht mir Sorgen, weil er Künstler sein will. Sein Bruder und seine Schwester, die werden wenigstens nie Not leiden!‹ Aber dann hast du mich im Fernsehen gesehen, erinnerst du dich, du warst sehr stolz, und am nächsten Tag hast du mir gestanden, dass es dein Kindheitstraum war, Künstlerin zu werden, dass die Malerei dich faszinierte, aber dass ihr zu arm wart und dass die Armut nichts für Leinwand oder Pinsel übrig hatte. Jetzt weißt du es wieder, nicht wahr? Der Jüngere, der Künstler, der Schriftsteller! Komm schon, erinnere dich an deine drei Kinder, an Robert, an mich und an Juliette. Sag es selbst: Zuerst hast du Robert gehabt, und dann …«

»Juliette.«

Es ist schrecklich, aber in dem Moment hätte ich ihr am liebsten eine Ohrfeige verpasst. Eine satte Ohrfeige, wie im Film, damit sie wieder zur Besinnung kommt.

»O. k., Juliette, Robert. Das spielt alles keine Rolle.«

Am liebsten würde ich alles sausen lassen und vor Wut

heulen wie ein enttäuschtes Kind. Soll sie doch sehen, wie weh es mir tut, wie weh sie mir tut.

»Und sonst, Mama, geht's dir gut? Was hast du heute Schönes gemacht, außer fernzusehen?«

Madeleine,
Tag A

Niedergeschlagen lehnte ich mich an die Plexiglasscheibe des Unterstands für die Einkaufswagen, die Tüte mit den Einkäufen zwischen den Beinen; in mir stieg die schlimmste Panik auf, die man sich vorstellen kann, wie man sie spürt, wenn im Kopf nur noch gähnende Leere herrscht, das absolute Nichts. So, als würde ich verrückt. Wie sah denn bloß dieses vermaledeite Auto aus? Ich kam auf die Idee, das heißt, es war eher ein Reflex, alles noch einmal von Anfang an durchzugehen. Ich war überzeugt, dass es mir auf die Sprünge helfen würde, wenn ich alle meine bisherigen Autos chronologisch aufzählte. An das erste erinnerte ich mich selbstverständlich, ich hatte bei der Weinlese geholfen und Zeitungen ausgetragen, um es mir leisten zu können. Es war eine alte Klapperkiste, spottbillig, ein winziger Fiat, der gar keine Farbe mehr hatte, so dass Mama und ich ihn neu lackierten, mit dem Pinsel. Ich hatte Gelb ausgesucht, das fand ich originell. Das Ergebnis war scheußlich, an manchen Stellen war die Farbe heruntergelaufen und hatte Tropfen gebildet, kleine runde Reliefs. Der Fiat hat nicht einmal ein Jahr gehalten, ich erinnere mich sehr gut, die angeblich unverwüstlichen Kolben hatten sich festgefressen und den Motor zerstört. Danach hatte ich einen Alfa Romeo, der fast genauso alt, aber etwas schöner war, so dass ich nicht auf die glorreiche Idee verfallen konnte, ihn neu anzupinseln. Ein paar Monate später verkaufte ich ihn wieder, denn ich hatte inzwischen Max kennengelernt, und wir kauften zusammen einen fast neuen Ford.

Jetzt hatte ich's, das war die Lösung! Ich würde Max anrufen und ihn nach unserem Automodell fragen! Ich würde mir einen Vorwand ausdenken, damit es ihm nicht allzu komisch vorkäme, aber er war ja mittlerweile sowieso an meine kleinen Marotten gewöhnt. Ich griff tief in die Handtasche, am Schminktäschchen und am Brillenetui vorbei, und fischte mein Handy heraus. Mit dem Daumen aktivierte ich das Display und ging wie besessen die Namen in meinem Adressbuch durch: A, B, C, D; der Gedanke, gleich mit ihm zu sprechen, beruhigte mich; E, F, G, H, Buchstabe für Buchstabe, ich spürte schon, wie mein Herz wieder langsamer schlug, meine Atmung ruhiger wurde. Das war die Wirkung, die Max immer auf mich hatte, er holte mich wieder auf den Boden zurück, besänftigte mich. I, J, K, L, jetzt musste es kommen, ein Anruf, und das alles hätte ein Ende, ich würde niemandem etwas sagen, und wer weiß, vielleicht würde es nie wieder vorkommen. Aber unter M gab es nur fünf Einträge: Maler, Maniküre, Matthieu, Milo und Mona. Ich schaute zweimal hin, machte das kleine Display aus und wieder an: nichts, kein Eintrag zwischen Matthieu und Milo. Kein Max.

Max …

Max?

Mein Kopf wollte schier explodieren: Ich hatte nicht nur Modell und Farbe meines Autos vergessen, sondern auch den Vornamen meines Mannes.

Thomas,
drei Jahre nach Tag A

Sie sprach von ihrem Tag in zwei Sätzen, zwischen denen dreißig lange Minuten Schweigen lagen, sagte, sie habe nichts getan, außer fernzusehen. Ich wartete noch einen Moment, küsste sie auf die Stirn und ging. Sie rief mir ein höfliches »Auf Wiedersehen« hinterher. Zu seinem eigenen Sohn ist man doch nicht höflich.

Es war mir gelungen, diese paar Minuten die Fassung zu bewahren, aber jetzt bricht es aus mir heraus. Ich versetze einem Mülleimer einen kräftigen Tritt, schleudere der ganzen Welt ein lautstarkes »Scheiße« entgegen, und dann kommen die Tränen.

Das darf nicht wahr sein! Das ist unmöglich! Es ist einfach zu ungerecht. Sie vergisst *mich. Mich*, das mittlere Kind. Das lässt sich durch nichts erklären. Den Ärzten zufolge verschlingt diese elende Krankheit zuerst die jüngsten Erinnerungen; sie müsste also eigentlich Juliette, die Letzte, zuerst vergessen! Aber nein, sie erinnert sich sogar an deren Beruf!

Zugegeben, man erklärte uns von Anfang an, dass die Krankheit nicht systematisch und auch nicht bei allen Patienten auf die gleiche Weise fortschreitet – ein Arzt hatte eines Tages nicht ohne einen gewissen Humor gesagt: »Wenn ich das mal so sagen darf, im Grunde hat jeder seinen eigenen Alzheimer!«

Am liebsten hätte ich diesem Witzbold eine gescheuert. Es ist also vollkommen plausibel, dass bei Mama die Erinnerungen von beiden Enden aus verlöschen, die alten zugleich mit den neueren. Mamas Gedächtnis würde also auch vom Anfang her schwinden. Dann müsste sie aber Robert, den Ältesten, zuerst vergessen haben.

Entweder Juliette oder Robert! Eine unbestechliche Logik! Und jetzt? So ein Mist! Warum *ich*, der Mittlere? Das ist doch medizinisch nicht zu erklären! Es sei denn …

Es sei denn, ihr Gehirn sortiert aus. Es gibt immer weniger Platz, also muss es eine Auswahl treffen. Es behält oder verwirft, je nach Stellenwert. Anscheinend bin ich weniger wichtig als mein großer Bruder und meine kleine Schwester. Mich trifft also der Besen beim großen Frühjahrsputz als Ersten.

Eigentlich ist es ganz einfach: Mama liebt mich weniger. Ich beanspruche den geringsten Platz in ihrem Herzen und dementsprechend den kleinsten Teil ihres Gehirns.

Am wenigsten geliebt, als Erster vergessen. Eine gnadenlose Logik. Und doch, vor drei Jahren, als alles wirklich anfing, rief sie mich als Ersten an.

Nicht Robert.
Nicht Juliette.
Mich.

Madeleine,
Tag A

Ich glaubte, ich würde ohnmächtig, so stark waren die Angst und die Leere, die in mir aufstiegen; und dann kam mir die Idee, Thomas anzurufen. Er würde es verstehen, er käme mich holen, ich würde ihm die Wahrheit sagen, sei's drum. Ich würde ihm gestehen, was ich seit Monaten vor allen verheimlichte, was ich mir selbst nicht eingestand. Es musste heraus, ich konnte nicht mehr. So wie ich hier stand, mit tausend Fragen im Kopf, während meine Beine unter mir nachgaben und ich unter dem ausweichenden Blick der Leute, die mit einem Geldstück kamen, an der kleinen Kette zerrten und ihren Einkaufswagen holten, an der Plexiglaswand herunterglitt, musste ich den Tatsachen einfach ins Auge sehen. Ich musste es sagen.

Auf dem Display meines Handys scrollte ich die Buchstaben M bis T hinunter, betete, dass dort Thomas stehen würde, und dass dieser Thomas auch mein Sohn wäre. R, S und dann T: Gott sei Dank, da stand er. Ich tippte auf das Symbol mit dem grünen Hörer, presste das Handy ans Ohr und spürte, wie der Schweiß von meinen Fingern die Schläfe benetzte.

»Hallo?«
»Thomas?«
»Ja?«
»Thomas, mein Sohn?«
»Ja, Mama, was gibt's?«
»Du musst mich holen kommen. Mir geht es nicht gut.«

Er brauchte nicht lange, zehn oder fünfzehn Minuten vielleicht, aber es ging mir immer noch nicht besser. Eine Passantin warf mir einen seltsamen Blick zu und bot mir Wasser an. Ich nickte, sie riss die Plastikfolie um die sechs kleinen Mineralwasserflaschen auf und hielt mir eine davon hin. Ich dankte ihr, trank und wartete auf meinen Sohn. Die Parkplatzeinfahrt behielt ich fest im Auge, und sobald ich sein Auto sah – das wenigstens erkannte ich sofort –, stand ich auf, zog meine Kleidung zurecht und fuhr mir mit den Fingern durch die Haare, damit ich nicht allzu unordentlich aussah. Ich winkte, aber er sah mich nicht, er fuhr weiter nach hinten auf den Parkplatz. Ich sah zu, wie das Auto sich entfernte und dann wendete. Da stellte ich mich auf die Zehen und winkte ihm mit ausladenden Bewegungen zu; endlich sah er mich. Er blinkte mich zweimal an, so als ob er mir zuzwinkerte, und ich ließ mich wieder auf den ganzen Fuß sinken. Meine Waden schmerzten ein bisschen. Er hielt neben mir, streckte seinen langen, schlanken Arm aus, machte die Beifahrertür auf, und ich setzte mich neben ihn.

»Was ist denn los? Hast du eine Panne? Warum wolltest du mir nichts sagen?

Ich bat ihn, ein bisschen weiterzufahren und dann anzuhalten. Er stellte sich an den Straßenrand, direkt bei der Tankstelle. Ich sagte, er solle den Motor abstellen, es sei eine längere Geschichte. Dann erzählte ich alles von Anfang an, jedenfalls von dem Anfang, an den ich mich erinnerte. Ich hörte gar nicht mehr auf zu reden, es tat gut, endlich alles herauszulassen. Ich redete und redete, die Details sprudelten nur so, ich hatte sogar das seltsame Gefühl, nicht eine einzige von meinen Gedächtnislücken vergessen zu haben. Er sagte nichts, er hörte nur zu; nach einer Weile schaltete er die Warnblinkanlage ein. Und dann kam ich zur dieser letzten Stunde, die ich gerade erlebt hatte.

»Stell dir vor, ich habe geglaubt, dein Vater hieße Max, ich habe sogar nach dem Namen auf meinem Handy gesucht!«

»Aber Mama, Max ist doch Papas Name!«

»Oh, das beruhigt mich, ich bin also nicht verrückt. Es ist nur dieses blöde Handy.«

»Mama, Papa ist letzten Sommer gestorben.«

2

Die Lügen

Madeleine,
Tag A

Thomas fuhr mich direkt ins Krankenhaus. Er sprach lange mit dem Arzt, während ich im Gang auf einem Stuhl mit abgenutzter Lehne wartete. Ich konnte sehen, wie mein Sohn sich immer wieder mit der Hand über das Gesicht strich, wie er die Augen schloss, wie seine Brust sich weitete, wenn er einatmete, und wie er sich beim Ausatmen leicht krümmte. Ich selbst war vor Angst wie gelähmt. Ich hatte Angst vor dem Arzt, denn ich wusste, was Thomas ihm erzählte. Er berichtete ihm von der Sache mit dem Auto, von meiner Beichte. Er sagte ihm die *Wahrheit*.

Diese Wahrheit war, dass ich seit Monaten Dinge vergaß. Nicht wie früher, nicht Vornamen oder Schlüssel, an die ich mich bald wieder erinnerte. Nein, ich vergaß wirklich. Das Vergessene fiel ins Leere, in ein schwarzes Loch, aus dem nie wieder etwas herauskam. Wenn ich allein zu Hause war und durch die Küche ging, sah ich zum Beispiel einen Topf mit kochendem Wasser auf dem Herd stehen. Nur ich konnte ihn dort hingestellt haben, ich hatte aber nicht die geringste Erinnerung daran, dass ich an diesem Tag einen Topf aus dem oberen Schrank genommen, Wasser hineingefüllt, aus der rechten Schütte eine Prise grobes Salz herausgenommen und ihn aufs Feuer gestellt hatte. Ich vergaß auch anderes, Dinge, von denen alle wussten, dass ich sie am Tag oder ein paar Stunden zuvor ganz eindeutig gesagt oder getan hatte, Dinge, von denen sie in meinem Beisein sprachen, von denen ich aber hätte schwören können, dass es sie nie gegeben hatte. Niemals hatte ich jenen Teller im Beisein der Familie zerschlagen, niemals hatte ich gesagt, ich wolle diesen oder jenen Film sehen, niemals hatte ich die Weinflasche in den Schrank im Bad geräumt. Und doch hatte ich es getan. Also verstellte ich mich, sagte: »Ja, natürlich!«, oder: »War nur ein Scherz!« Seit Monaten führte ich kleine Heftchen über das, was ich tun musste. Am Anfang nur Kleinigkeiten, aus Angst, dass sie mir entfallen könnten, aber in letzter Zeit notierte ich fast alles. Ich wusste, dass so ein Verhalten nicht normal war. Trotzdem hatte ich beschlossen, alles zu vertuschen, ich wollte die Entlarvung gern noch hinauszögern. Es passte mir ganz gut, die Augen vor den Tatsachen zu verschließen.

Dann rief der Arzt mich herein und stellte mir Fragen zu meiner Vergesslichkeit, zu meinen Gedächtnislücken. Ich antwortete, das sei gar nicht so schlimm: »Nein, wirklich, Herr Doktor, nur ab und zu einmal, wenn ich es genau bedenke, eigentlich fast nie.«

Er wechselte einen Blick mit Thomas. Thomas sagte: »Mama, bitte …« Aber ich schlug die Augen nieder, und er drängte nicht weiter.

Dann wollte der Arzt wissen, ob es mir in der letzten Zeit schwergefallen sei, bestimmte kleine alltägliche Dinge zu erledigen. Ich sagte: »Nein, Herr Doktor, überhaupt nicht, nein, keinerlei Schwierigkeiten.«

Wieder blickte er Thomas an; dieses Mal war es mein Sohn, der die Augen niederschlug.

Nach einer kurzen Pause griff er in seine Kitteltasche, zog einen Leuchtstift hervor und untersuchte meine Augen. Dann musste ich meinen Namen, meinen Vornamen und meine Adresse auf ein einfaches weißes Blatt Papier schreiben. Thomas fragte ihn, was jetzt passiere und welche *anderen* Erklärungen es gebe. Der Arzt sah mich an, schwieg lange und seufzte. Ich hatte nicht die geringste Ahnung, wie ich das Schweigen und den Seufzer verstehen sollte.

Schließlich sagte er, Symptome wie die meinen könnten auf verschiedene gesundheitliche Probleme zurückzuführen sein. Zum Beispiel auf einen kleinen Schlaganfall. »Stimmt, ich habe in letzter Zeit ziemlich oft Migräne. Ja, ich denke, das ist es.« Oder auf ein Schilddrüsenproblem. »Genau, Herr Doktor, meine Großmutter hatte das auch!« Oder auf einen Vitamin-B12-Mangel. »Das ist sehr gut möglich, Herr Doktor, B12 nehme ich nämlich nicht oft, glaube ich.« Vielleicht sogar auf eine Depression. »Das wird es sein, Herr Doktor, wo doch mein Mann letzten Sommer gestorben ist, das muss es sein!«

Er lächelte mich kurz an, aber mit einem ausdruckslosen, maskenhaften Lächeln, und sagte mir, er werde mich in den nächsten Wochen zu einer ganzen Reihe von Untersuchungen schicken. Ich sagte, ich sei natürlich einverstanden mit den Tests, aber meiner Meinung nach habe er mit der Schilddrüse, der Depression, dem B12 und all dem sicher schon die richtige Diagnose.

Dann stand er auf, begleitete uns mit drei Schritten zur Tür und wies mit ausgestrecktem Arm zum Ausgang. Wir gaben uns die Hand; meine war kalt und feucht.

Thomas, drei Jahre nach Tag A

Seit vielen Monaten, schon vor der Diagnose, vielleicht sogar seit über einem Jahr, wussten Robert, Juliette und ich sehr wohl, dass mit Mama etwas nicht stimmte. Sie suchte oft nach Worten, wirkte manchmal antriebslos, abwesend, war dann aber wieder reizbar und aggressiv. Sie, der ein blitzsauberes Haus so wichtig war, vernachlässigte ihre Haushaltspflichten, der Boden war nicht immer geputzt, und der Staub sammelte sich auf und unter den Möbeln. Sie war schon immer vergesslich gewesen, und ein bisschen mehr oder weniger, was machte das schon? Doch dann hatte sie ihren Humor verloren, gerade sie, die so lustig sein konnte. Nachdem wir lange unter uns Geschwistern darüber gesprochen hatten – allein schon für den Gedanken, sie selbst darauf anzusprechen, fehlte uns jeglicher Mut –, kamen wir zu dem Schluss, dass sie nach Papas Tod eine depressive Phase durchmachte. Was für ein Doktoren-Trio! Unterstützt vom Internet mit seinen Tausenden von Websites und Foren, die einem suggerieren, man könne ohne Ärzte auskommen.

Sie hatte allerdings auch gute Gründe für eine schlechte Phase, unsere Mama, jede Menge Entschuldigungen dafür, dass sie nach Papas Tod keine Lust mehr hatte zu lachen, nach der Art, wie das geschehen, wie er vor unseren Augen verloschen, in unseren Armen gestorben war. Ich zum Beispiel kann seitdem nicht mehr schreiben; sobald ich in die Nähe des Computers komme und ein paar Sätze tippen will, beginne ich zu heulen wie ein Schlosshund. Und Robert – jedenfalls sagte mir das seine Frau – guckte gern zu tief ins Glas, na ja, jedenfalls tiefer als gewöhnlich, verbesserte sie sich mit strenger Miene. Bei Juliette weiß ich nicht so recht, Juliette sagt sowieso nie etwas über ihre Schwächen, also nehme ich an, dass sie doppelt so viel arbeitete, ihr Tagespensum auf achtundzwanzig oder vielleicht sogar dreißig Stunden erhöhte.

Wenn sein Tod uns drei schon dermaßen umgeworfen hatte, dann musste das erst recht für Mama gelten, nach achtunddreißig gemeinsamen Jahren, von denen sie siebenunddreißig verheiratet waren. Noch nicht sechzig Jahre alt und bereits Witwe, da kann man schon mal hier und da ein Wort vergessen. Das erklärt doch zur Genüge, dass Wortspiele und Witze sich rarmachen, erklärt die plötzlichen Stimmungsschwankungen und ein paar seltsame Bemerkungen, oder?

Aber das tut es nicht. Weil man es verdrängen will, glaubt man, ein Wort, das es nicht gibt, wie »Flötenquere«, sei eine Wortschöpfung und ein ungeschickter Versuch, einen zum Lachen zu bringen. Weil man sich verblenden lässt, seufzt man bloß, schüttelt den Kopf und lächelt verstohlen, wenn man ein Fleischermesser auf der Toilette findet.

Aus Liebe und aus Angst vor dem Schmerz verschließt man die Augen.

Eine andere Erklärung für dieses unzulängliche und unverantwortliche Verhalten, das drei angeblich intelligente Erwachsene zu der Annahme verleitet, all diese seltsamen Dinge würden schon wieder verschwinden, wenn man ihnen bloß keine Aufmerksamkeit schenkt, ist das magische Denken. Gewissermaßen der Kampf des noch in uns steckenden Kindes gegen die Welt der Erwachsenen. Wir alle benutzen magisches Denken, manche greifen sogar jeden Tag darauf zurück. Ein Pokerspieler, der ein As braucht, wendet sich mental an die Karte, die er gerade aufdeckt, und denkt: »Ein As, ein As, bitte ein As!« Als ob seine Gedanken die Karte, die er schon in der Hand hält, beeinflussen könnte. Das Gleiche gilt für den Lottospieler, der seinem Fernseher zuruft: »Die 28, los, hol schon die 28 raus!« Als ob die Maschine sich sagen würde: »Also gut, weil Ben mich auf der anderen Seite vom Bildschirm darum bittet, hol ich ihm halt die 28 raus!« Ich hatte spöttisch gelacht, als mein Vater mir das mit dem magischen Denken erklärt hatte, und gedacht: »Also wirklich, diese Leute …« Und dann sah ich eines Tages, wie er nach einer

Sitzung, an der er unbedingt hatte teilnehmen müssen, ein aufgezeichnetes Rugbymatch anschaute und lautstark seine Lieblingsmannschaft anfeuerte.

»Aber das ist doch idiotisch, Papa, das Spiel ist doch schon vorbei!«

Ich hatte den Satz noch nicht ganz beendet, als ich auch schon merkte, wie albern er war: Es kam mir also durchaus plausibel vor, dass man eine Mannschaft anfeuern und ihr dadurch zum Sieg verhelfen konnte, solange das Spiel nur direkt übertragen wurde. Auch ich glaubte also an das magische Denken. Ich war einer von »diesen Leuten«.

Und als gute Exemplare »dieser Leute« hatten Robert, Juliette und ich geglaubt, dass Mama geschützt sei, wenn wir die Karte *Mamas Krankheit* nicht aufdeckten.

Verloren!

3
Die Bilanz

Madeleine,
sechs Monate nach Tag A

Ein paar Wochen reichten, um die Hypothesen Schlaganfall, Vitamin-B12-Mangel, Schilddrüse und Depression auszuschließen. An einer Depression litt ich zwar, aber das war nicht die Krankheit, das war nur ein Symptom.

Ich musste eine ganze Reihe Schreib- und Sehtests machen, musste sogar Rechenaufgaben lösen, wie in der Schule. Wie seltsame Klassenarbeiten mit Wörterlisten.

Und dann stand schließlich die Diagnose fest.

Alzheimer.

Ich hatte es natürlich von Anfang an gewusst, aber es kam für mich nicht in Frage, der Krankheit einen Namen zu geben. Es kam übrigens nicht einmal in Frage, auch nur das Wort »Krankheit« zu denken. Aber so war es jetzt nun mal.

Alzheimer.

Der Name desjenigen, der sie entdeckt oder erfunden oder beschrieben hatte, ich weiß nicht, wie man das nennt. Im Krankenhaus hatten wir Unterlagen bekommen. Die Kinder hatten sie vor mir gelesen, und es war beängstigend mit anzusehen, wie sie ihre Panik und Trauer zu verbergen suchten. In diesen Unterlagen also wurde erklärt, dass der gute Doktor Aloïs Alzheimer bemerkt hatte, dass sich bei dieser unheilbaren neurodegenerativen Erkrankung eine Hirnatrophie bildet, die zuerst den inneren Temporallappen befällt und vor allem auch den Hippocampus, beides wichtige Bereiche für das Gedächtnis. In einem kleinen Kasten stand in Kursivschrift, dass bei Alzheimer die Gehirnzellen degenerieren und dann absterben. So zusammengefasst ist es wenigstens eine Krankheit, die für den Arzt nicht schwer zu erklären und für den Kranken nicht schwer zu verstehen ist.

Man kann es sogar noch kürzer und noch klarer in nur drei Worten ausdrücken: Das Gehirn verkümmert. Und nach einer Weile stirbt man dann.

In dem Faltblatt fiel mein Blick auf die gezeichneten Querschnitte eines normalen und eines von Alzheimer befallenen Gehirns. Da musste ich unwillkürlich lächeln, weil das kranke, vertrocknete und verkümmerte Gehirn aussah wie ein Halloween-Kürbis. Als ob es eine Grimasse ziehen würde.

Ich fand es auch seltsam, dass man Aloïs Alzheimer heißen konnte. Wenn ich als kleines Mädchen einen Aloïs Alzheimer in meiner Klasse gehabt hätte, hätte ich ihn sicher Al-Al genannt, um ihn zu ärgern. Und außerdem musste man ein verdammt großes Bedürfnis nach Anerkennung haben, um einer solchen Dreckskrankheit seinen Namen zu geben. Eine seltsame Art fortzuleben.

Komisch, dieser Mann.

Ich wusste, dass ich krank war, und verstand, was die Krankheit bedeutete; ich glaube, ich war würdevoll und tapfer, als es mir angekündigt wurde.

Was dann kam, war schwerer zu ertragen, denn dafür war ich in gewisser Weise selbst verantwortlich: Ich hatte mir so lange etwas vorgemacht, ich hatte die Wahrheit so lange verdrängt, dass bei mir gleich das sogenannte mittlere, mäßige Stadium diagnostiziert wurde, ich konnte also nicht in der ersten Spalte der Tabelle mit dem leichten Stadium anfangen. In der Alzheimer-Sprache bedeutet mäßig jedoch keineswegs das Gleiche wie im Wörterbuch, nicht gering oder durchschnittlich; es bedeutet schwer, die Phase, die vor dem fortgeschrittenen Stadium oder Endstadium kommt. Und was das bedeutet, ist ja klar.

Da war ich also nun kurz vor dem Endstadium. Schon beim Beginn der Demenz. Auch das schlug ich im Wörterbuch nach: Demenz ist ein Synonym für Verrücktheit.

Thomas,
drei Jahre und sechs Monate nach Tag A

Als offiziell die Diagnose Alzheimer gestellt wurde, ging mir als Erstes ein frappierend banaler Satz durch den Kopf: Nichts wird mehr sein wie vorher.

Vorher.

Als Mama mich noch kannte. Denn das Schlimmste ist nicht, das sie mich nicht mehr wiedererkennt; das wirklich Tragische ist, dass sie mich gar nicht mehr kennt.

Vorher.

Als alles gut lief. Vor gerade mal fünf Jahren war ich wahrscheinlich einer der glücklichsten Menschen überhaupt. Ich hatte dreißig Jahre auf einer Wolke gelebt, und zwar nicht irgendwo, sondern direkt unter einem guten Stern, und von dort wollte diese Wolke sich auch nicht wegbewegen. Ja, wirklich, ich sage das nicht rückblickend, weil heute alles katastrophal ist und ich den guten Zeiten nachtrauere, nein, ich war mir wirklich bewusst, dass es mir unglaublich gut ging, ich war ein Glückspilz, rundum zufrieden mit meinem Leben. Einfach alles top. Ich hatte einen außergewöhnlichen Vater und eine außergewöhnliche Mutter, denen ich nie irgendetwas hätte zum Vorwurf machen können; einen Bruder und eine Schwester, die natürlich ihre Fehler hatten, aber wirklich auch ganz großartig waren, und, um dem Ganzen die Krone aufzusetzen, eine hübsche, lustige, liebe, verständnisvolle und sexuell vorbildliche Lebensgefährtin. Hinzu kam eine Schriftstellerkarriere, die seit drei Jahren und mit ebenso vielen Büchern ganz ordentlich Kurs hielt – was bedeutete, dass ich mehr als tausend Tage nicht hatte arbeiten müssen, mein absoluter Lebenstraum –, Freunde, Lachen, gutes Essen in fröhlicher Runde, und Einsamkeit nur, wenn ich sie wollte. Konnte man glücklicher sein? Nein, ehrlich gesagt nicht. Das perfekte Leben.

Und dann wird eines Tages das erste Bein abgenommen, wenn der Vater stirbt. Anderthalb Jahre später die Ankündigung, dass das andere Bein Wundbrand hat, und dass da nichts zu machen ist; auch das muss bald abgenommen werden.

Im Laufe von nur achtzehn Monaten wird der Spaziergang durchs Leben gestoppt. Es ist unmöglich weiterzugehen, obwohl doch vor kurzem noch die ganzen Möglichkeiten da vorne zu sehen gewesen waren. Und der Weg so verlockend ausgesehen hatte.

Diesen Weg hatte zum großen Teil mein Vater vorgezeichnet. Natürlich ohne dass es mir bewusst gewesen wäre, ohne Moralpredigten, ohne endlose Reden über alles und nichts. Nein, er hatte sich damit begnügt, mit gutem Beispiel voranzugehen. Er liebte ohne viele Worte, verstand einen, ohne zu verurteilen, brachte Menschen zusammen, ließ sie teilhaben und lachte mit ihnen, ohne je etwas aufzurechnen.

Wenn man so etwas seit frühester Kindheit vor Augen hat, dann ist die Arbeit getan, dann liegt der Weg direkt vor einem. Ich weiß zwar, dass viele Leute behaupten, ihr Vater sei ein außergewöhnlicher Mensch – das ist normal, wenn man sich liebt und alles gut läuft –, aber ich habe Zeugen. Das ist keine Verblendung wie der natürliche Reflex aller Eltern, die finden, ihr Baby sei das schönste auf der Welt, obwohl das kleine Ding vielleicht an einigen Stellen etwas zerknittert und an anderen etwas aufgedunsen ist. Nein, mein Vater war wirklich eine Ausnahme, ein bisschen so, als würden alle Eltern auf der Wöchnerinnenstation am gleichen Babybettchen stehen bleiben und sagen: »Oh, dieses da ist wirklich das Schönste. So eines gibt es nicht noch einmal.« Am Tag der Beerdigung schüttelten mir viele Leute die Hand und sagten, mein Vater habe ihr Leben verändert, niemand könne an seine Stelle treten. Ich wusste nicht, was ich sagen sollte, denn natürlich hatte er mein Leben verändert, natürlich konnte niemand seinen Platz einnehmen.

Einer seiner Freunde sagte während der Trauerfeier den einzigen sinnvollen Satz an diesem sinnlosen Tag: »Nicht ein Mensch ist gestorben, sondern ein Haus ist eingestürzt.« Das sagte alles. Mein Vater war ein Haus, in dem sehr viele Menschen lebten. Als dann sein Herz aufhörte zu schlagen, wurden wir alle obdachlos und mussten unsere Liebe wie ein Bündel auf dem Rücken mit uns herumschleppen. Niemand würde je stark genug sein, um uns diese Liebe leichter zu machen; wir würden immer daran zu tragen haben, dass er nicht mehr da war.

Mein Vater wurde an meinem Geburtstag beerdigt. Manche Leute wollten darin ein Zeichen sehen, ein letztes Augenzwinkern als Beweis für seine Liebe zu mir, für seinen Stolz auf meine Bücher und auf den vielversprechenden Anfang meiner Schriftstellerkarriere. Die Leute sehen gern überall Zeichen und sagen: »Es gibt keinen Zufall!« Aber ich wusste noch nie, was ich davon halten soll.

Gott sei Dank haben diese Leute nicht alles gesehen, dann da gab es Zeichen zuhauf, viele »Es gibt keinen Zufall«. Sie finden sich alle in meinem ersten Roman, dem, den mein Vater über alles liebte.

Das erste dieser Zeichen, die niemand gesehen hatte, war, dass mein Vater mit sechzig starb, ganz wie die Hauptfigur des Romans, die auch mit sechzig stirbt. Und vor allem erinnerte sich niemand aus meiner Umgebung daran, dass in demselben Roman der Vater der Hauptfigur genau am Geburtstag seines Sohnes stirbt.

Ich wusste selbst nicht, was ich davon halten sollte, außer mich vielleicht dazu zu beglückwünschen, dass ich nicht abergläubisch war und damit also nicht noch einen Grund hatte, stärker als ohnehin schon unter Schlaflosigkeit zu leiden. Wo ich gerade beim Aberglauben bin: Ich finde es amüsant, dass alle, die beim Tod meines Vaters überall Zeichen gesehen hatten, dann auf meine Erklärungsversuche, warum Mama mich als Ersten vergessen hatte, sofort erwiderten: »Reiner Zufall, das ist die Krankheit, das darfst du nicht als Zeichen oder so sehen!« Das hätte ich mir gern erklären lassen. Wie funktioniert das mit den Zeichen, sucht man sich das aus? Wenn es uns passt, ist es ein Zeichen, und wenn nicht, ist es nichts als ein schlimmer Schicksalsschlag?

Denn wenn mir jemand in diesem Moment die Erklärung geliefert, mir die Existenz und die Macht von Zeichen bewiesen hätte, dann hätte ich meine schönste Schreibfeder genommen und ein Buch geschrieben, in dem meine Mutter kerngesund wäre und einen schönen Tod hätte. In diesem Buch wäre sie in einem hohen, aber nicht allzu hohen Alter, also vielleicht mit einundneunzig Jahren, einfach eingeschlafen. Ich hätte auch sehr darauf geachtet, ihren Todestag und das Datum der Trauerfeier so zu wählen, dass es für niemanden in der Familie etwas bedeutete, zum Beispiel ein 29. Februar. Niemand in der Familie ist an einem 29. Februar geboren. Und so wären wir nur jedes vierte Jahr traurig.

Aber niemand erklärte mir irgendetwas, und ich musste mich den Tatsachen beugen: Statistisch mochte es eine winzige Chance geben, dass Mama an einem 29. Februar von uns gehen würde, aber was das Alter anging, war nichts zu machen. Denn so wie ihre Krankheit verlief, blieben Mama nur noch ein paar Jahre, vielleicht vier oder fünf. »Hoffen wir es«, hatte der Arzt hinzugefügt. Hoffen worauf? Auf ein Zeichen?

Vielleicht hätte ich es schreiben sollen, dieses blöde Buch.

Madeleine,
sechs Monate nach Tag A

Ich war sechzig Jahre alt und wurde verrückt. Das war unumgänglich. Ich würde lernen müssen, damit zu leben. Es heißt, dass man heutzutage mit sechzig jung ist. Und als ich selbst sechzig wurde – eine Frau feiert ihren sechzigsten nicht, sie *wird* sechzig –, sagten außerdem alle: »Nein, wirklich! Du wirkst mindestens vier oder fünf Jahre jünger!« Wie sollte ich, eine Frau, die aussah wie fünfundfünfzig oder allerhöchstens sechsundfünfzig, wie sollte ich diese sich immer weiter fressende Demenz akzeptieren?

Nun setzte ein seltsamer Prozess ein. Einige Wochen prüfte ich jeden Gedanken, jede Handlung und jede Geste auf ihre potentielle Verrücktheit. Ich stellte mir tausend Fragen: »Das Fleisch habe ich zwar schon gesalzen, aber ich möchte noch ein bisschen dazugeben, ist das ein Zeichen, dass ich verrückt werde? Werde ich jetzt ständig alles zu stark salzen?« Oder: »Warum kratze ich mich am Ohr? Habe ich das heute nicht schon dreimal getan? Das ist doch ein Tick wie bei Verrückten, immer wieder dieselben Bewegungen, jetzt ist es so weit!« Oder auch: »Ist das, was ich sehe, real, oder gaukelt mir meine Demenz das nur vor? Spricht mein Sohn wirklich mit mir, oder ist das eine Halluzination, eine Art imaginärer Freund, wie Wahnsinnige ihn haben?« Nach einer Weile sagte ich mir aber, dass gerade diese ständigen Fragen mich verrückt machen würden.

Also hörte ich auf, mich zu beobachten, und beschloss, so ruhig wie möglich zu leben, meine relative Normalität zu genießen. Der Wahnsinn würde schon noch kommen.

Und er ließ nicht lange auf sich warten. Er schlich sich so heimlich heran, dass ich ihn zu Anfang nicht einmal kommen sah.

Thomas,
drei Jahre und sechs Monate nach Tag A

An dem verfluchten Tag mit dem Parkplatz erinnerte Mama sich sehr schnell wieder daran, dass Papa tot war, und sie erinnerte sich an Modell und Farbe ihres Autos, noch bevor sie am frühen Abend im Krankenhaus untersucht wurde. Das war erst mal beruhigend.

Im Laufe der nächsten drei Jahre traten die Schwierigkeiten jedoch immer deutlicher zu Tage. Sie hatte zunehmend Mühe, ihre täglichen oder wöchentlichen Aufgaben zu bewältigen, selbst einfache Dinge wie zum Beispiel ihr Geld zu verwalten, ihre Mahlzeiten zu planen oder ihre Rechnungen zu bezahlen. Immer häufiger war sie geistesabwesend, ließ seltsame Sätze oder unverständliche Wörter in ein Gespräch einfließen. Sie vergaß ganz offensichtlich enorm viel oder verwechselte Dinge. Trotzdem hatte ich während der Zeit, die ich den »ersten Zyklus« nenne, den Eindruck, dass es ihr eigentlich gar nicht so schlecht ging oder dass sich ihr Zustand zumindest nicht in dem Maße verschlechterte, wie ich es erwartet hatte.

Als dann vor sechs Monaten der »zweite Zyklus« begann, als sie mich vergaß, stürzte meine Welt auf eine Weise in sich zusammen, wie ich es mir nie hätte vorstellen können; und am meisten schockierte mich daran, dass ihre eigene Welt sich nicht ein Jota veränderte. Mit einem Fingerschnippen verschwand ich aus ihrem Kopf, aus ihrem Leben, aus ihrem Herzen, aber abgesehen davon gab es für sie keine großen Veränderungen. Ich rief selbstverständlich sofort ihren Arzt an und forderte eine Untersuchung. Etwas beklommen und offensichtlich unfähig, sich halbwegs klar auszudrücken, erklärte er mir doch tatsächlich, dass es keine Anzeichen für eine dramatische Verschlechterung ihres Zustandes gebe und dass das alles, ich zitiere, »zur logischen Entwicklung der Krankheit« gehöre. Ach ja? Alles ist normal, nimmt seinen üblichen Lauf, meine Mutter erinnert sich an alles Mögliche, viele Leute, sie erkennt sogar den Hund ihres Nachbarn, des Alkoholikers, und nennt ihn beim Namen, Filou, aber *mich* vergisst sie! Meine Mutter vergisst mich, ich bin aus ihrem Leben gelöscht, aber an den Pudel Filou erinnert sie sich bestens! Und dann kommt einer daher und will mir weismachen, das sei normal? Das sei »logisch«?

Manchmal, dreimal, um genauer zu sein, sprach sie in meinem Beisein von mir, beziehungsweise sagte meinen Vornamen. Ich habe aber nie herausgefunden, ob wirklich von mir die Rede war oder ob sie meinen Namen mit jemand anderem verwechselte. Jedes Mal bestärkte ich sie, hakte nach, aber nichts zu machen, es war so schnell wieder vorbei, wie es gekommen war. Dann überlegte ich, wie sie es wohl empfand, dass ich seit mehreren Monaten immer bei ihr war, während sie selbst mich vergessen hatte; ich fragte sie, wer ich sei, ob sie mich kenne; sie sagte dann ja, sie kenne mich, ich war für sie entweder »der nette junge Mann« oder »der Krankenpfleger«. Ich war Teil ihres Alltags, mehr nicht.

Ich war sowohl ein »Jemand« als auch ein »Niemand« geworden. »Jemand«, der immer an ihrer Seite war, und »niemand«, weil es mich gar nicht gab. Ein absolutes Paradox, mit dem sie aber auf die natürlichste Weise der Welt lebte.

Diese Situation machte mich nicht glücklich, natürlich nicht, ich hätte alles darum gegeben, dass sie sich an mich erinnerte, aber bei ihr zu sein, ihr zu helfen, das tat auch mir gut. Sie nicht zu sehen, hätte bedeutet, überhaupt nicht mehr zu existieren. Außerdem war ich ja auf viel Schlimmeres, auf eine drastische Verschlechterung gefasst gewesen, so dass ich letzten Endes angesichts des normalen oder sogar eher mäßigen Fortschreitens der Krankheit manchmal sogar vergaß, dass meine Mutter unheilbar krank war. Alles in allem lebte ich schlecht und recht und nahm mir sogar ein paar Auszeiten für drei Buchmessen, zu denen ich netterweise eingeladen war. Diese Ausflüge in mein früheres Schriftstellerdasein brachten mich ein bisschen auf andere Gedanken.

Bei der Rückkehr von einer dieser Messen, fast sechs Monate nachdem ich als Erster vergessen worden war, wurde es ernst. Da waren sie, die tatsächliche Krankheit, die großen Sorgen, die ersten Anzeichen der Verzweiflung.

Der ganze verfluchte Mist!

Es war an einem Sonntagabend, mein Zug war wie durch ein Wunder pünktlich angekommen, ich hatte meinen Koffer ausgepackt und ausgiebig geduscht; gerade aß ich das letzte Stück einer Tiefkühlpizza, als das Handy in meiner Tasche vibrierte. Es war Juliette: »Wo bist du?« Typisch Juliette, ebenso ungeduldig wie organisiert. Sie wusste ganz genau, um wie viel Uhr mein Zug angekommen war, und hatte eine in ihren Augen angemessene Zeitlang gewartet. Als ich dann aber nicht wie erwartet bei Mama auftauchte – schuld war die Pizza, es dauert immer ewig, den Ofen vorzuheizen –, machte sie natürlich Stress. Zugegeben, sie war es nicht gewohnt, so lange von ihren Kindern, ihren Papieren und ihren vielen anderen Aktivitäten getrennt zu sein. Zwei ganze Tage bei Mama müssen meiner seit jeher hyperaktiven Schwester besonders lang und schwer vorgekommen sein. Ich aß schnell meine Pizza auf, und knapp zwanzig Minuten später gab ich meiner kleinen Schwester, die schon an der Eingangstür auf mich wartete, einen Begrüßungskuss.

»Ist alles gut gelaufen?«

»Ja, aber wir haben fast nichts gemacht, sie hatte auf kaum etwas Lust. Glaubst du wirklich, dass es die Mühe wert war, ihr von morgens bis abends Gesellschaft zu leisten? Sie spricht fast gar nicht mehr mit mir, ich hatte den Eindruck, zu nichts nütze zu sein.«

»Man weiß nie.«

»Ich bin dir zuliebe geblieben, aber außer zum Essen und um ihre Medikamente zu nehmen hat sie mich nicht gebraucht. Hätte ich nicht einfach ab und zu für ein paar Stunden kommen und nach dem Rechten sehen können? Sie kann doch noch gut allein leben, Thomas. Man muss ihr nur die Mahlzeiten vorher zubereiten, das Gas abstellen und für alle Fälle zwei oder drei gefährliche Gegenstände verstecken, das ist alles. Sie ist noch nicht im fortgeschrittenen Stadium, das weißt du genauso gut wie ich! Du bist doch auch nicht die ganze Zeit hier, oder?«

»…«

»Wie? Die ganze Zeit?«

»Nachts nicht, nein.«

»Aber abgesehen davon den ganzen Tag? Jeden Tag?«

»Ja. Aber weißt du, schreiben kann ich hier genauso gut wie bei mir.«

»Und tust du das auch?«

»Nein, im Moment nicht wirklich.«

»Das habe ich mir gedacht.«

»Aber mir fehlt sowieso die Inspiration seit Papa, das weißt du doch …«

»Ja, aber wenn du hier bist, macht es die Sache meiner Meinung nach auch nicht besser. Also, ich denke, wir müssen nicht die ganze Zeit auf Mama aufpassen, allerdings vergisst sie wirklich alles, findest du nicht auch?«

»Alles, alles, was heißt das schon?«

»Die alten Sachen, die Geschichten von früher, damit hat sie kein Problem, na ja, manchmal verwechselt sie Vornamen oder Leute, aber sie erinnert sich an vieles. Mir macht es nur Sorgen, dass sie vergisst, was sie gerade getan hat. Frag sie mal, was heute war oder in den letzten Wochen, zwei, drei Sachen fallen ihr ein, dann überlegt sie und sagt nichts mehr, wechselt das Thema oder sagt, sie sei müde, und …«

Juliette wurde unterbrochen, als Mama aus dem Wohnzimmer herüberrief:

»Wer ist da?«

»Ich bin's, Thomas!«
»Welcher Thomas?«

Meine Schwester verzog ihr Gesicht ein wenig, und ich antwortete: »Der Krankenpfleger, der sich um dich kümmert!«

Juliette versetzte mir einen leichten Schlag auf die Brust, sie hasste es, wenn ich das sagte, denn ihrer Meinung nach war es egal, ob Mama verstand oder nicht, man musste ihr unbedingt immer sagen, dass ich ihr Sohn war. Ich zuckte mit den Schultern wie jedes Mal, wenn sie mir solche Vorhaltungen machte. Sie murmelte: »Ich weiß nicht, wie du das aushältst!« Dann nahm sie mich kurz in die Arme, fast zärtlich, auch wenn es eher ein aufmunterndes Schulterklopfen war. Das tat mir gut, und ich ging zu Mama ins Wohnzimmer. Sie saß in ihrem Sessel, Papas früherem Sessel, direkt vor dem Fernseher. Ihre Beine lagen auf einem Kissen auf dem Couchtisch, sie trug einen Morgenrock und dicke Socken. Zum ersten Mal hatte ich den Eindruck, dass meine Mutter alt war. Als sie mich sah, strahlte sie mich an, als hätte sie mich erkannt: »Ach, du bist es! Du hast mir so gefehlt!«

Sie streckte mir die Arme entgegen, und mein Herz machte einen Sprung, ich konnte an ihrem Blick sehen, dass sie mich erkannte. Sie war glücklich, dass ich da war, und ich spürte, wie mir die Tränen in die Augen stiegen. Doch plötzlich hielt sie inne und blieb stocksteif sitzen, den Blick starr auf etwas hinter mir gerichtet. Ich drehte mich um, aber es war nur Juliette. Sie hatte ihren Mantel angezogen und nestelte am Riemen ihrer Tasche. Sie kam auf Mama zu, um ihr einen Abschiedskuss zu geben.

»Also, ich muss los, ich lass dich jetzt mit Thomas allein, Mama. Na, willst du mir keinen Kuss geben?«

»Ich soll dich küssen, du Flittchen? Komm, da hast du deinen Kuss!«

Die Aggressivität ihrer Worte überraschte uns dermaßen, dass Juliette erstarrte und die mächtige Ohrfeige, die meine Mutter ihr versetzte, nicht kommen sah. Mamas Hand klatschte laut auf Juliettes Wange, Juliette wich zurück und stolperte über den Couchtisch. Eine Sekunde war es mucksmäuschenstill, eine Art Leere, bevor Mama brüllte: »Willst du noch eine, du Schlampe? Na, soll ich dir noch eine schmieren?«

Mama hob erneut die Hand, aber dieses Mal reagierte ich und hielt sie fest. Juliette ging noch ein paar Schritte zurück, mit offenem Mund und unter einer Flut von Beschimpfungen.

»Du Schlampe, du kleines Flittchen!«

»Mama, beruhige dich doch! Mama!«

»Herumtreiberin, bescheuerte Kuh!«

»Madeleine!«

Ich hatte sie bei ihrem Vornamen gerufen. Laut. Sie war überrascht und warf mir einen Blick zu, wie ich ihn an ihr noch nie gesehen hatte. Dann sagte sie ganz leise: »Aber, warum machst du denn …?«

Sie beendete ihren Satz nicht, stand abrupt auf, mit seltsam gebeugtem Körper, und ging mit kleinen schnellen Schritten in den Flur. Wir hörten, wie die Tür zu ihrem Zimmer zufiel, und dann nichts mehr. Ich setzte mich aufs Sofa, Juliette kam dazu und schmiegte sich an mich, in Tränen aufgelöst, die Hand an der Wange.

»Was war das denn? Was habe ich ihr bloß getan?«

»Gar nichts.«

»Sie war das ganze Wochenende so lieb, ich habe ihr nichts getan.«

»Du kannst nichts dafür, Juliette.«

Sie legte ihre Tasche und ihren Mantel wieder ab, und an meine Schulter gelehnt weinte sie lange.

Dann ging sie, und ich übernachtete allein auf dem Sofa. Aber von schlafen konnte keine Rede sein. Ich tat kein Auge zu, ich fragte mich, wie so etwas möglich war. Immer wieder sah ich den Blick meiner Mutter, ihre Augen in diesem Moment, die Augen einer Unbekannten, einer Fremden. Ich dachte an Juliette, die von einem vorbildlich braven Mädchen zu einer vorbildlichen Frau geworden war, ohne dass unsere Eltern je auch nur mit ihr geschimpft hätten. Und dann eine Ohrfeige! Das musste für sie unbegreiflich sein. Ich ging davon aus, dass sie ebenfalls nicht schlief, und versuchte mir den Schmerz vorzustellen, den die Ohrfeige und die Worte ihr bereitet haben mussten. Und dann weinte ich natürlich, weinte über die Zukunft, die ich mir vorgestellt hatte und die nicht mehr kommen würde, und über die unvorstellbare

Zukunft, die jetzt käme. Drei- oder vier-, vielleicht auch fünfmal stand ich auf und legte das Ohr an Mamas Zimmertür. Vielleicht würde ich auch sie weinen hören? Aber nichts, kein einziger Laut.

Am nächsten Morgen wachte sie sehr früh auf und hatte den Vorfall vollkommen vergessen. Ich fragte sie, wie das Wochenende mit Juliette verlaufen sei, und sie antwortete: »Sehr gut, Juliette ist so eine Liebe!« Und dann wechselte sie das Thema. Ganz offensichtlich erinnerte sie sich wieder an ihre Tochter. Das versetzte mir zuerst einen kleinen Stich, denn ich hatte nicht das Glück gehabt, in Mamas Kopf zurückzukehren. Aber diesen Gedanken verwarf ich sofort wieder, und dann gewann die Angst die Oberhand. Oder vielleicht eher der Schmerz als die Angst, denn ich musste kein Arzt sein, um zu verstehen, dass Mama ihren ersten, noch vorübergehenden Anfall von Demenz gehabt hatte und dass das nur der Startschuss für eine große, sehr große Anzahl von weiteren gewesen war.

Juliette sagt, dass diese Ohrfeige ihr heute noch weh tut.

Natürlich kann ich ihre Verletzung gut verstehen, aber wenn sie wüsste, was ich jetzt Tag für Tag durchmache.

Alles ging dermaßen schnell …

4
Der Alltag

Madeleine,
ein Jahr nach Tag A

Werde ich verrückt? Oft weiß ich nicht mehr, welchen Tag wir haben oder wie viel Uhr es ist. Ich lese und vergesse noch in derselben Sekunde, was ich gerade gelesen habe. Ich spreche nicht vom Bücherlesen, daran brauche ich nicht einmal mehr zu denken, sondern nur von der Fernsehzeitschrift. Ich sehe nach, was es im ersten Programm gibt, und kaum lege ich die Zeitschrift weg, habe ich es schon wieder vergessen. Dann nehme ich mir die Zeitschrift wieder, weiß aber nicht mehr, welcher Tag heute ist. Also konzentriere ich mich, denke nach, versuche die Lücken zu schließen, aber ich finde nicht einmal mehr die Lücken, und das alles ärgert mich so, dass ich schreie, die Seiten zerreiße und die blöde Zeitschrift wegwerfe. Und wenn ich mich beruhigt habe, weine ich.

Wenn es mir dann wieder besser geht, lese ich oft persönliche oder medizinische Berichte, um zu erfahren, was mich erwartet. Es ist schrecklich, aber ich kann nicht anders, so wie die Gaffer, die ganz langsam an einer Unfallstelle vorbeifahren, um den Motorradfahrer da auf dem Boden unter der Decke liegen zu sehen. Ich halte auch an, nur dass ich selbst der Motorradfahrer bin. Ich lege mir selbst gegenüber eine furchtbar morbide Neugierde an den Tag. Ich weiß, was mit mir geschehen wird, bis in jede Einzelheit. Natürlich gibt es eine Menge Varianten, niemand hat wirklich dieselbe Alzheimer-Krankheit wie der andere – das macht den besonderen Reiz aus –, aber die groben Züge, die kenne ich.

Eines vor allem ist sicher, nämlich dass mein Kopf zusehends leerer werden wird. Das ist das wirklich Harte. Alzheimer wird mein Gedächtnis nach und nach verkümmern lassen, und eines Tages wird es dann endgültig aus meinem Schädel verschwinden und meinen Körper leblos zurücklassen.

Das ist das Schlimmste: Ich weiß, dass ich zu einer leeren Hülse werde.

Wenn ich an diese Dinge denke – und das tue ich jeden Tag –, dann versuche ich, mir noch mehr vorzustellen, um auf andere Gedanken zu kommen, und auch, um diesen verfluchten Kopf zum Arbeiten zu bringen. Und dann überlege ich auch, ob sich mein Gedächtnis, wenn es mich dann verlässt, ein neues Gehäuse sucht, ein größeres, das ihm besser gefällt und bequemer ist. Manchmal stelle ich mir vor, dass die Verrückten tatsächlich Gehäuse sind, in denen mehrere Gedächtnisse – wie zum Beispiel meines – zusammengekommen sind und sich bekämpfen, so dass die Verrückten natürlich ausrasten. An dem Tag, an dem mein Gedächtnis mich endgültig verlässt, findet es sich vielleicht in der psychiatrischen Notaufnahme wieder, im Kopf eines Mannes, der behauptet, er heiße Madeleine und habe drei wunderbare Kinder. Man wird ihm eine kleine Spritze geben, und er und ich werden versuchen, unter all den anderen überfüllten Gehäusen in diesem großen Krankenhaus friedlich zusammenzuleben.

Und wer weiß, wenn er ein gutaussehender Mann ist, erleben wir beide in seinem Kopf ja vielleicht unsere letzte Liebesgeschichte.

Thomas,
vier Jahre nach Tag A

Heute habe ich beschlossen, zu Mama zu ziehen. Im Grunde habe ich gar keine Wahl, denn Madame Massi, die alte Nachbarin, die manchmal auf uns aufpasste, als wir klein waren, sprach mich neulich an und sagte, so ginge es mit Mama wirklich nicht weiter. Sie schreie immer mehr, vor allem nachts, sie zerschlage Dinge, werfe Flaschen und andere Gegenstände aus dem Fenster, und selbst wenn das ganze Viertel Mama kenne und möge, fingen die Leute an zu schimpfen, wollten die Polizei oder den Notarzt rufen, damit sie sie ruhigstellten oder wegbrachten. Mamas Demenzanfälle häufen sich und treten in immer kürzeren Abständen auf, oft beschimpft sie mich, manchmal regt sie sich auf, beruhigt sich dann aber und wird wieder fast normal. Nachts ist es aber anscheinend schlimmer. Deshalb denke ich, dass jemand auf sie aufpassen muss – und wer, wenn nicht ich?

Ich habe mit Robert darüber gesprochen – ihn hatte Mama vor einem Monat als »Schlappschwanz« und bei einem anderen Anfall letzte Woche als »Weichei« beschimpft; keine Ahnung, was sie gegen die Beigaben meines Bruders hat – und auch mit Juliette. Sie sind beide ebenfalls der Meinung, dass jemand auf Mama aufpassen muss. Allerdings finden sie, vor allem Juliette, dass das nicht meine Aufgabe sei, dass sie die Mittel hätten, um jemanden dafür zu bezahlen, dass ich ja schon den ganzen Tag über bei ihr sei, das sei schon enorm viel, also müsse man für die Nacht eben eine Hilfe einstellen. Jemanden, der auf unsere Mutter aufpasst? Jemand Fremdes, der nichts über sie weiß und über den wir nichts wissen, der sie bestehlen, sie schlecht behandeln könnte? Von solchen Dingen hört man doch ständig! Nein, nein, das ist meine Aufgabe. Und letzten Endes ist es auch praktischer, ich habe keine Lust mehr auf dieses Hin und Her, immer nur zum Duschen und Schlafen nach Hause zu fahren, so kehrt wenigstens wieder eine gewisse Ruhe in mein Leben ein.

Natürlich mussten wir Mama etwas vormachen. Da Juliette sich strikt weigerte, bei meinem Spiel mitzumachen, übernahm Robert es: Der »Krankenpfleger« sei jetzt Vollzeit eingestellt und werde bei ihr wohnen, damit sie die bestmögliche Pflege bekomme. Sie reagierte kaum, so sehr war sie schon daran gewöhnt, mich jeden Tag zu sehen. Ich frage mich, was wohl in ihrem Kopf vorgeht. Da ist die ganze Zeit ein Mann bei ihr, der sie Mama nennt, und jetzt will er sogar bei ihr einziehen, aber das schockiert sie überhaupt nicht. Als würde sie das gar nicht in

Frage stellen. Als würde sie sich überhaupt keine Fragen mehr stellen.

Nachdem Robert unsere Lüge vorgebracht hatte, half er mir ein paar Dinge zu ihr zu bringen, die ich brauchte, vor allem Kleider und meinen großen Fernseher. Dabei wurde mir bewusst, dass ich zwar eine ziemlich große, aber auch ziemlich leere Wohnung habe, vor allem seit Emma mit den unzähligen Haushaltsgeräten ausgezogen war, die sie gekauft hatte, während sie hier wohnte. »Das ist doch normal, du willst nicht, dass wir die Miete teilen, also kaufe ich die Einrichtung, du hast ja gar nichts hier außer deiner Mikrowelle!« Emma übertrieb immer ein bisschen; zumindest hatte ich meinen Fernseher und bestimmt auch ein paar andere Dinge.

Es ist komisch, wieder in mein altes Zimmer zu ziehen. Ich habe ziemlich lange bei meinen Eltern gewohnt, bis siebenundzwanzig, glaube ich. Ich hätte viel eher ausziehen können, aber ich fühlte mich wohl bei ihnen, hatte es nicht eilig, allein zu wohnen; Juliette hatte das Nest viel früher verlassen als ich.

Den Fernseher stellte ich auf die kleine Kommode dem Bett gegenüber, in der Hoffnung, dass sie das Gewicht aushielt. Meine Kleider kamen auf Bügel in den großen Schrank; eine ziemlich langwierige und lästige Angelegenheit, alles auf Bügel zu hängen, vor allem die Hemden, wenn man zumindest den obersten Knopf zumachen muss. Und wenn dabei auch noch meine Mutter hinter mir steht und sagt:

»Meine Tochter hat mir erzählt, Sie hätten mit Ihrer Freundin Schluss gemacht? Anna, nicht wahr? Sie hat Sie betrogen, oder? Noch so ein Flittchen!« Ich antwortete, dass es schon eine Weile mit Emma vorbei sei, Emma, nicht Anna, unsere Cousine, die ganz bestimmt kein Flittchen ist. Emma übrigens auch nicht; Emma, die ich nicht als meine Freundin betrachtete, sondern als meine zukünftige Frau, Emma, die einen Teil meiner Inspiration mit sich nahm, genau wie Papa. Seit die beiden nicht mehr da sind, fühle ich mich ganz leer, habe nichts mehr zu sagen, nichts mehr zu erzählen, keine Einfälle mehr. Und noch vor drei Jahren glaubte ich, zu viele Ideen zu haben, mich entscheiden, ganze Bücher opfern zu müssen, weil ich ganz genau wusste, dass ich nicht die Zeit haben würde, sie zu schreiben! Ich erinnere mich sehr gut an diese Buchideen, doch heute sind sie bedeutungslos für mich. Diese Geschichten haben in meinen Augen nichts mehr zu sagen. Ich wäre außerstande, irgendetwas aus ihnen zu machen. Letztlich weiß ich gar nicht, ob es so etwas wie Inspiration überhaupt gibt, vielleicht ist es ja nur die Lust zu schreiben.

Als alles – nicht wirklich viel – eingeräumt war, fuhr Robert wieder, und ich legte mich auf mein Bett, um auszuprobieren, wie fest die Matratze war. *Mein* Bett in *meinem* Zimmer. Seltsam, in meinem Alter von »meinem« Zimmer zu sprechen, weil einem die übrigen Zimmer nicht gehören. Das macht mich wieder zum Kind, auch wenn mein Zimmer nicht mehr so aussieht wie das Kinderzimmer von früher. Die Einrichtung hat sich in fast zehn Jahren kaum verändert, Mama hat ein bisschen Nippes dazugestellt und buntere Vorhänge angebracht, doch die schwarzweiß karierte Tagesdecke ist, soweit ich weiß, noch dieselbe.

Ich bleibe noch ein paar Minuten liegen, bevor ich zu Mama ins Wohnzimmer gehe. Ich habe das Bedürfnis allein zu sein, ich weiß nicht, warum, wahrscheinlich eine Sehnsucht, der Wunsch, wieder der zu werden, der ich vor zehn Jahren war, der in diesem Zimmer glücklich war. Meine Freunde sagten damals oft: »Aber Thomas, du hast einen Job wie alle anderen, dann nimm dir doch auch eine Wohnung wie alle anderen! Was willst du denn noch bei Mama und Papa?«

Früher wusste ich nicht, was ich auf diese Frage antworten sollte. Jetzt weiß ich es. Ich genoss es, bei meinen Eltern zu sein, genoss ihre Gesellschaft, ihre Liebe; und ich lag richtig damit, zu hundert Prozent. Ich sammelte Erinnerungen, die ich sonst nicht hätte und die ich später nie mehr hätte sammeln können.

Wahrscheinlich gibt es Zehntausende von Weisheiten über die Zeit, die vergeht und die man nicht nachholen kann. Dichter haben immerwährende Oden darüber geschrieben, Philosophen haben sich in unumstößlichen Lehren dazu ergangen, Sänger das alles mit manchmal unvergesslicher Musik unterlegt. Doch über die Zeit gibt es nichts zu sagen, denn sie existiert nicht. Die Zeit ist eine von ein paar Physikern erfundene Rechengröße. Für uns andere gibt es sie nicht, nur den Tod, der immer näher kommt. Deshalb muss man Erinnerungen sammeln wie Schätze, die uns niemand mehr nehmen kann.

Und weil ich diese ganzen Jahre bei meinen Eltern blieb, konnte ich lauter schöne Erinnerungen sammeln und bin reich. Doch Mama werden ihre Erinnerungen trotzdem genommen. Meine Mutter wird von Alzheimer, diesem Bastard, um ihre Erinnerungen gebracht.

Ich liege auf meinem Bett und erinnere mich, aber ich weiß nicht mehr, was mich erwartet.

Madeleine,
ein Jahr und sechs Monate nach Tag A

Jetzt ist es so weit, ich bin verrückt, wirklich verrückt. Ich habe den Eindruck, alles sei normal, und dann finde ich plötzlich in meinem Zimmer ein heilloses Durcheinander, alle alten Anzüge und Krawatten meines Mannes auf dem Bett und dem Boden verstreut. Oder ich entdecke in meiner Küche lauter Dinge, die eigentlich schon seit Jahren im Keller lagern, zum Beispiel steht Juliettes rosa Fahrrad, das mit den kleinen Stützrädern, auf dem Tisch, oder die Bände der alten Enzyklopädie stapeln sich in der Spüle. Ich weiß genau, dass ich das war, ich bin ja alleine hier, meine Tür ist abgeschlossen, was ich ständig kontrolliere, und dennoch könnte ich schwören, dass ich es nicht war.

Neulich abends hat ein Nachbar an der Tür geklingelt und gefragt, ob alles in Ordnung sei. Als ich bejahte, sagte er, Schreie hätten ihn beunruhigt, und seine Frau habe darauf bestanden, dass er hinübergehe und nach mir sehe. Eine arme Dame wie ich, ganz allein in ihrem Haus, mitten in der Nacht, heutzutage wisse man ja nie ... Natürlich hatte ich geschrien, hier ist ja niemand außer mir. Und doch war ich es nicht.

Ich verlege lauter Dinge, ich schreie, und doch bin das nicht ich. Ich erinnere mich an nichts, nie habe ich diese Anzüge und Krawatten aus dem Schrank geholt, nie habe ich jemanden angebrüllt, und erst recht nicht schreie ich, wenn ich allein bin. Ich muss also verrückt sein.

Und wenn es nur das wäre! Mit einem gelegentlichen Anfall von Wahnsinn könnte ich ja leben, aber das ist nicht das Schlimmste.

Was mich am meisten schmerzt, sind die Blicke meiner Kinder. In ihnen sehe ich Schmerz, Angst, Kummer und manchmal Mitleid, all die bitteren Formen, die die Liebe annehmen kann.

Ich bin nichts mehr wert. Zu nichts mehr nütze. Einundsechzig Jahre (das glaube ich jedenfalls), und keine Zukunft mehr. Der Wahnsinn wird sich Schritt für Schritt weiter fressen, bald werde ich eine Stunde am Tag verrückt sein, vielleicht bin ich das ja jetzt schon, dann zwei Stunden und schließlich die Hälfte der Zeit. Und dann, eines Tages, werde ich vollkommen verrückt sein. Die ganze Zeit. Nur noch eine Bürde. Eine Bürde für die Kinder, meine drei armen kleinen Schätze, eine Bürde für die Gesellschaft, eine Bürde für irgendein Krankenhaus oder eine Einrichtung für Debile wie mich, die nichts mehr allein tun können, nicht einmal mehr essen oder sich den Hintern abputzen. So wird es bald aussehen. Irgendjemand, den ich nicht kenne, wird dafür bezahlt, dass er den Hintern dieses idiotischen und leeren Dings abputzt, das ich dann sein werde.

Das also ist meine Zukunft? Bin ich geboren, auf diese Welt gekommen, um so zu enden? Warum nur? Zu welchem Zweck? Dann lieber sterben, und alles wäre vorbei.

Ich denke oft an Selbstmord, aber das kann ich meinen Kindern nicht antun. Andererseits werde ich den Ärmsten so ein langes Dahinsiechen antun; ich weiß nicht, was besser ist. Vielleicht ein kleiner Herzinfarkt, im Schlaf, in ein paar Wochen, solange ich größtenteils noch ich selbst bin. So dass sie um eine richtige Mutter weinen können, eine, die am Ende ein bisschen neben der Kappe war, aber eine Mutter, die sie von ganzem Herzen liebte.

Wenn sie wüssten, wie sehr ich sie liebe. Wie kann eine Mutter ihren Kindern das erklären? Der einzige Vorteil einer unheilbaren Krankheit ist, dass man nichts mehr vortäuschen muss, dass man nicht mehr so tun muss, als würde man niemals sterben. Wenn man weiß, dass man bald stirbt, kann man der Wahrheit ins Gesicht sehen. Das ist mir jetzt klar, ich sehe es vor mir, aber was soll ich mit meinem klaren Blick anfangen? Hilft es, wenn ich es ausspreche? Vielleicht könnte ich jedem von ihnen einen Brief schreiben, für den Tag, an dem ich nicht mehr da sein werde? Einen langen Brief, in dem ich ihnen all das sage, was eine Mutter ihren Kindern sagen sollte, ein Abschied, der ihnen für immer erhalten bleibt? Das müsste ich tun, solange ich dazu noch fähig bin, denn bald ist es zu spät, das weiß ich. Bald wird es Dinge geben, die ich ihnen nicht mehr sagen kann, weil es sie nicht mehr gibt.

Ja, vielleicht mache ich das, ich schreibe jedem einen Brief, damit sie nach meinem Tod wissen, dass ich sie nicht vergessen habe. Und bis dahin werde ich Lotto spielen, denn außer dem Haus habe ich nichts, was ich ihnen hinterlassen könnte; und ein Haus, das man sich zu dritt teilen muss, verkauft man in der Regel. Ich möchte nicht, dass Fremde in diesem Haus leben, in unserem Haus, Max' und meinem Haus, in dem wir alles gemacht, alles aufgebaut haben. Ich möchte, dass es in der Familie bleibt. Wenn ich dann im Lotto gewinne, kaufe ich noch zwei Häuser dazu. In meinem Testament werde ich dieses hier Thomas vermachen, er hat ja noch sein Zimmer, da wird er es bestimmt behalten.

Thomas,
vier Jahre und sechs Monate nach Tag A

Mama irrt durchs Haus. Sie wandert. Mittlerweile fast jede Nacht. Tagsüber schläft sie immer mal wieder, ein kleines Nickerchen von Zeit zu Zeit, aber in der Nacht, ich weiß nicht, was sie da hat, etwas schlägt sie da in seinen Bann. Oft bin ich in meinem Zimmer oder im Wohnzimmer und warte auf den Schlaf, der sich immer weniger einstellen will, seit Jahren schon, und dann höre ich, wie sich der Türknauf dreht und sie ihre Tür aufmacht. Die Schrauben am Knauf habe ich ein bisschen gelockert, damit er etwas mehr quietscht, wenn Mama die Tür aufmacht, so kann ich es besser hören und schneller reagieren. Dann stehe ich immer auf und suche sie, manchmal ist sie im Flur, manchmal im Bad, irgendwo; sie streift einfach so durchs Haus, scheinbar ziellos. Ich versuche, mit ihr zu reden, frage sie, was sie da macht, und in der Regel gibt es vier Arten von Reaktionen. Entweder antwortet sie gar nicht, oder sie sagt, sie sei nicht müde und habe aufstehen wollen, oder sie sagt etwas Unsinniges, Unverständliches oder sie beschimpft mich. Natürlich gibt es Varianten, manchmal schlägt sie mich auch, wenn sie mich beschimpft. Und Kombinationen: Sie sagt, sie sei nicht müde und wolle aufstehen, und beschimpft und schlägt mich anschließend; oder sie antwortet etwas Unsinniges, Unverständliches und beschimpft und schlägt mich dann; und wieder ein andermal beschimpft sie mich, sagt dann, sie sei nicht müde und wolle aufstehen und schlägt mich zum Schluss.

Was für Nächte!

Madeleine,
ein Jahr und sechs Monate nach Tag A

Eines Sonntags, als sie alle drei da waren, wartete ich, bis der letzte Tropfen Ahornsirup vertilgt und der Boden der Schälchen mit dem Löffel ausgekratzt war, und fragte sie dann so vorsichtig wie möglich, ob sie bereit wären, über einen begleiteten Suizid nachzudenken, bevor mein völliger Verfall einsetze. So wie es das in Ländern wie der Schweiz oder Belgien gebe. Ich hatte mit verschiedenen Reaktionen gerechnet, insgeheim aber auf eine einmütige Zustimmung gehofft. Aber ich begriff sofort, dass sie davon überhaupt nichts wissen wollten. Vor allem Juliette war außer sich, wie könne ich das nur in Betracht ziehen, an so etwas dürfe man nicht denken, und außerdem, bei *den* Fortschritten in der Wissenschaft, wenn man beispielsweise in drei Jahren herausfände, wie man Neuronen regenerieren könne, und ich mich sechs Monate zuvor hätte töten lassen, dann sähen sie schön dumm aus, wären kreuzunglücklich und würden sich schuldig fühlen, weil sie etwas so Wahnwitziges zugelassen hätten. Ich schluckte und wandte mich an Robert. Was sagte er dazu? Er sei eigentlich der gleichen Meinung wie Juliette – Robert ist der Älteste, aber er ist *immer* der gleichen Meinung wie Juliette. Dann blickte ich Thomas fragend an. Er dachte einen Moment lang nach und sagte dann, er verstehe, dass ich mir diese Fragen stelle, das sei legitim. Da wurde Juliette laut, wie immer, wenn sie sich aufregt, und sagte zu Thomas, dass man an solche Dinge nicht denken dürfe, die Wissenschaft werde bald herausfinden, wie man Neuronen regeneriere. Thomas schnitt ihr das Wort ab und hielt ihr vor, das habe sie gerade vor zehn Sekunden schon einmal gesagt und es bringe nichts, es zu wiederholen. Ich spürte, dass auch Thomas drauf und dran war, sich aufzuregen, ich kenne ihn, Thomas' Stimme wird immer ganz tief, wenn er sich ärgert, seine Wut ist kalt und beherrscht. Ich bat sie alle, sich zu beruhigen, aber sie beruhigten sich nicht, Juliette wandte sich an Robert, und der sagte natürlich: »Du hast recht, Juliette.« Thomas äffte ihn nach: »Du hast recht, Juliette.« Wie ein Papagei. Da wurde Robert böse, weil Thomas ihn schon seit Kindertagen immer nachäffte, er solle sich schämen, in seinem Alter! Da sagte ich, es gehe mir nicht gut, mir sei schwindelig, und sofort beruhigten sich alle. Juliette ging ein Glas Wasser holen, während die Jungen mich auf das Sofa betteten und mir Kissen unter den Nacken und die Füße legten.

Manchmal ist Alzheimer auch ganz praktisch: Niemand hält einen mehr für so schlau, einen Schwächeanfall vorzutäuschen, damit die lieben Kinder aufhören zu streiten.

Einen anderen Vorteil habe ich bisher noch nicht gefunden.

Thomas,
vier Jahre und sechs Monate nach Tag A

Heute Nacht hörte ich wieder den Türknauf, aber dieses Mal beschloss ich, sie nicht zu stören, nicht zu versuchen, mit ihr zu sprechen oder sie wieder in ihr Zimmer zurückzubringen. Ich wollte wissen, was sie machen würde. Und ich hatte auch die Nase voll davon, geschlagen zu werden.

Ich folgte ihrem Rundgang durch die halbdunkle Wohnung, ganz langsam und leise ging sie durch den Flur und lächelte dabei. Am Eingang angekommen, nahm sie ihren Schirm aus der großen Vase neben der Tür und betrachtete ihn mit einer ganz besonderen Aufmerksamkeit, er schien sie zu faszinieren. Dann ging sie, den Schirm hinter sich herziehend, in die Küche. Dort machte sie Licht, blieb ganz still unter der Lampe stehen, mit geschlossenen Augen, ein leises Lächeln spielte um ihren Mund. So verharrte sie ein paar Minuten, bewegte sich kaum, obwohl sie sonst immer Mühe hat, stillzuhalten. Dann wandte sie sich kaum merklich ihrem Schirm zu und murmelte: »Na, was hab ich dir gesagt, Marnie?«

Dann hob sie den Kopf zur Lampe, blickte jetzt aber direkt ins Licht; da griff ich nun doch ein, damit sie sich nicht die Augen verdarb, ich redete ganz sanft auf sie ein, von ferne, ich betrat nicht einmal die Küche, um sie nicht zu erschrecken.

»Mama, das tut deinen Augen nicht gut, hör auf, in die Lampe zu schauen.«

»Lassen Sie mich in Frieden!«

»Einverstanden, aber nur, wenn du mit mir ins Wohnzimmer kommst. Möchtest du ein bisschen fernsehen?«

»Pah.«

»Pah« hieß bei ihr so viel wie »warum nicht«, also beinahe »ja«, ein Wort, das sie immer seltener benutzte. Mit der einen Hand hielt ich ihren Unterarm, die andere legte ich ihr auf den Rücken, nicht um sie zu drängen, sondern nur um ihr einen kleinen Anstoß zu geben, und so gingen wir los und setzten uns vor den Fernseher. Ich bettete ihre Beine auf den Couchtisch und ließ zum zweihundertsten Mal ihren Lieblingsfilm laufen. Sie sagte zu mir:

»Das ist lieb von Ihnen. Sie sind ein lieber Junge.«

»Danke.«

»Aber Sie weinen ja! Warum weinen Sie denn?«

»Es ist nichts, Mama. Nichts.«

»Sicher eine Mädchengeschichte. Junge Männer wie Sie weinen nur wegen Mädchen!«

»Ja, so in etwa. Sagen wir, ich weine um eine Frau.«

»Liebt sie Sie nicht?«

»Doch, ich bin sicher, dass sie mich über alles liebt, aber sie weiß es nicht mehr. Sie ist sich dessen nicht mehr bewusst.«

»Ach, Sie werden sie vergessen.«

»Sie vergessen? Niemals.«

»Aber Sie weinen ja immer noch!«

Ich muss jetzt immer weinen. Kaum zu glauben, aber man gewöhnt sich daran. Der Beweis: Seit ein paar Jahren habe ich immer ein Päckchen Taschentücher bei mir; das hatte ich früher nie, zumal ich nie erkältet bin. Jetzt habe ich immer ein paar kleine Tränentrockner in der Tasche, weil ich so oft weine. Es ist schon verrückt, wie traurig einen diejenigen machen, die einen lieben.

Das ist sogar fast ein Fluch. Ohne dass sie es wollen, sind die Menschen, die man am meisten liebt, auch die grausamsten. Wenn sie uns verlassen, sind gerade sie es, die uns am meisten Schmerzen zufügen. Ich habe meinen Vater so sehr geliebt, dass ich am Tag, an dem er von uns ging, einige Minuten vor seinem Tod, einen Pakt mit ihm schließen wollte, eine absurde, haarsträubende Idee, an die ich aber felsenfest glaubte. Seit einem Monat lag Papa auf der Intensivstation, wo man versuchte, sein Herz wieder zum Arbeiten zu bringen, dazu, wieder von selbst zu schlagen, ohne Maschinen. Da rief ein Arzt Mama, Robert, Juliette und mich zu sich in einen winzigen Raum, in dem ein wildes Durcheinander von Akten herrschte, ein uralter Computer herumstand und eine Klimaanlage pausenlos tickte, als würde sie rückwärts zählen. Der Arzt erklärte uns ruhig, mit viel Menschlichkeit und Taktgefühl (die mir aber gestohlen bleiben konnten), dass alles Menschenmögliche getan worden sei, das Herz meines Vaters aber trotzdem bald aufhören werde zu schlagen, noch im Laufe des Tages, in ein paar Minuten oder Stunden. Er fügte hinzu, es sei gut, dass wir alle da seien, an seiner Seite, wenn mein Vater von uns gehe. Der Arzt brachte uns wieder auf die Station und sagte leise: »Wenn Sie noch Fragen haben …« Das hat mich dermaßen geärgert. Natürlich habe ich noch Fragen, du Blödmann.

Hättest du dich nicht besser um meinen Vater kümmern können, hättest du ihm nicht sein Herz erhalten können? So ein Herz, das so viele Leute so sehr liebte, das ermüdet natürlich schneller, nutzt sich schneller ab als ein durchschnittliches Herz. Für solche Herzen seid ihr wohl nicht ausgebildet, ihr Kurpfuscher?

Natürlich habe ich das nicht gesagt, ich habe es nur gedacht, während alles um mich herum einstürzte und ich auf das Bett zuging, in dem mein Vater lag, umgeben von Maschinen und mit lauter Schläuchen an seinem Körper und im Mund. Wir saßen alle vier um sein Sterbebett herum und taten das Schlimmste auf der Welt: Wir warteten darauf, dass ein geliebtes Herz aufhörte zu schlagen.

Es dauerte so lange und war so schwer, dass mir in diesem Moment die Idee zu besagtem Pakt kam. Etwas Absurdes und zugleich vollkommen Selbstverständliches. Ich legte meinen Mund an sein Ohr und machte ihm leise, damit niemand mich hörte, einen Vorschlag: »Papa, bleib bei mir, geh nicht, bitte. Ich tausche dein Leben gegen das von anderen Leuten. Doch, doch, das geht, wir behalten dich und lassen andere an deiner Stelle sterben, Menschen, die nicht so gut sind wie du, die wir nicht kennen, die weniger geliebt werden, die nicht leben wollen, die sich nicht lieben. Wollen wir das machen, was meinst du? Du wachst langsam auf, und wir lassen Dutzende, Tausende andere sterben, ist mir doch egal! Eine ganze Stadt, einen Kontinent, aber du bleibst bei uns! Und ich werde den anderen erklären, warum es normal ist, dass sie sterben, damit du leben kannst; ich werde ihnen erzählen, wer du bist, warum es sich lohnt, ich werde zu jedem einzelnen hingehen und zu ihren Familien, ich werde ihnen von dir erzählen, und sie werden es verstehen. Sie werden einverstanden sein. Bleib am Leben, bitte! Sie werden es verstehen, ich schwöre es dir!«

Er bekam von dem Pakt nichts mit. Oder vielmehr, so wie ich ihn kannte, lehnte er ihn ab. Zum Beweis wurde die Kurve auf dem Monitor flacher, und die Krankenschwester sagte, wir müssten uns jetzt von ihm verabschieden. Dann ging alles sehr schnell, ich sehe uns noch, als wäre es heute, als wäre es jetzt. Mama hielt Papas rechte Hand, Juliette die linke, Robert hielt seine nackten Füße und rieb sie ein bisschen, wie um sie zu wärmen, und ich streichelte seine kahle Stirn, manchmal bis zu seiner Wange hinunter, um ihn zu beruhigen. Wir weinten alle, um uns herum nur Leere, wir fielen gemeinsam mit ihm, die Welt stürzte im gleichen Maße ein, wie seine Herzschläge seltener wurden. Wir weinten und weinten, so unvorstellbar war der Schmerz, immer wieder sagten wir ihm: »Wir lieben dich, wir lieben dich!« Selbst ich, obwohl wir uns das nie gesagt hatten, das war nicht nötig gewesen, weil wir wussten, wie sehr wir uns liebten, in den letzten Jahren gaben wir uns zur Begrüßung oder zum Abschied nicht einmal mehr einen Kuss, wir schlugen nur die Hände aneinander, so als würden wir immer zurückhaltender, je mehr wir uns liebten.

Aber dort, in diesen letzten Minuten, war von Zurückhaltung keine Rede mehr, da holte ich alles nach, ich sagte so oft »Ich liebe dich«, dass es für ein ganzes Leben reichte.

Auch als die Krankenschwester den Monitor ausschaltete und sagte, sie werde uns jetzt einen Moment mit ihm allein lassen, sprach ich weiter: »Ich liebe dich, Papa, ich liebe dich.« Und vor allem weinte ich weiter. Wir alle weinten weiter, streichelten ihm weiter die Hände, die Füße, die Stirn, wir hätten noch Stunden bleiben können, denn wir wollten ihn nicht verlassen, wir hätten noch Tage bleiben, mit ihm sterben können, denn wir waren allein, am Boden zerstört, wahnsinnig vor Schmerz.

Jetzt, bei Mama, tut es anders weh; es ist diffuser, nicht so schneidend. Aber ist das eine denn besser als das andere? Was sollte man wählen, wenn man könnte? Unter zehn starken Hammerschlägen auf den Kopf sterben, von denen jeder einzelne einen unermesslichen Schmerz zufügt, aber ein schnelles Ende garantiert? Oder allmählich Schritt für Schritt zugrunde gehen wie bei einer Quecksilbervergiftung?

Ich weiß nicht, was ich für mich selbst wählen würde. Was meine Eltern angeht, so habe ich jedenfalls beides. Ein Königsschicksal sozusagen.

Ich bin wohl ein kleiner König, auf dem ein großer Fluch liegt.

5
Die Reste

Madeleine,
zwei Jahre nach Tag A

Ich weigere mich, zu vergessen. Ich will mich an alles erinnern. An das Gute, an das Schlechte, ich will alles hier in meinem Kopf haben, in meinem Frauen- und Mutterherzen. Es kommt nicht in Frage, dass Alzheimer mir das alles nimmt, dass die Krankheit in mein Hirn dringt und es zerstört, dass sie mir das Wertvollste nimmt, was ich habe. Denn es ist nicht das Gedächtnis, das Alzheimer mir Tag für Tag entreißt, sondern meine Seele. Meine Seele verlässt meinen Körper, noch während ich am Leben bin.

Doktor Alzheimer ist das Gegenteil von Doktor Frankenstein: Er entreißt einem lebendigen Körper die Seele, während der verrückte Wissenschaftler einem toten Körper eine gab.

Also verweigere ich mich. Ich lehne mich auf. Ich will alle Erlebnisse, alle meine Erinnerungen behalten. Ich will nicht umsonst gelebt haben. Ich will zurückdenken können. Ich habe ein Recht darauf. Schlimmstenfalls, wenn ich wirklich keine Wahl habe, gestatte ich Alzheimer, mir alles Gute zu nehmen, das er gern hätte, und mir nur das

Schlechte zu lassen, nur die schweren Erinnerungen, die man normalerweise lieber vergessen will. Ich bin damit einverstanden, nur das Schlimmste zu behalten, solange er mir nur irgendetwas lässt. Ich will mich erinnern. Und zwar in der richtigen Reihenfolge, bitte!

Ich will meine allererste Erinnerung behalten, meine Tränen und meine Angst, als meine Mutter mich zum ersten Mal im Kindergarten zurückließ – *ver*ließ, wie ich glaubte.

Ich will mich daran erinnern, wie ich mir den Finger in der Küchentür einklemmte und mein Nagel dabei abgerissen wurde.

Ich will mich an den toten Körper meiner kleinen Katze erinnern, den ich an einem Sommernachmittag auf einem Brachgrundstück hinter unserem Haus fand; sie war erst vor kurzem verschwunden, aber die Fliegen saßen schon auf ihren glasigen Augen.

Ich will mich an meine Wut erinnern, als ich erfuhr, dass ich eine Schwester bekommen würde, an den Hass, den ich diesem kleinen Wesen, dem Eindringling, entgegenbrachte; ein Hass, von dem ich mich erst nach Monaten, vielleicht sogar erst nach Jahren frei machen konnte.

Ich will mich an den Kummer erinnern, zwei Großeltern verloren und die beiden anderen nie kennengelernt zu haben.

Ich will mich an mein Schuldgefühl erinnern, dass ich in der Schule nie eingriff, wenn die ganze Klasse sich über Maria und ihr Glasauge lustig machte; an meine Scham, als ich sie zum Weinen brachte, denn um von den anderen akzeptiert zu werden, hatte ich sie gefragt, warum sie nicht wie ein Pirat mit einer Augenklappe und einem Papagei auf der Schulter in die Schule komme.

Ich will mich daran erinnern, wie Mama eine Brust abgenommen wurde zu einer Zeit, als es noch keine Prothesen gab; ich möchte mich an ihre Scham und an ihren Schmerz erinnern, als einmal morgens mein Blick auf ihren verunstalteten Körper fiel.

Ich will mich an die Autounfälle erinnern, die ich gesehen habe, an den zerstückelten Körper eines Mannes, den ich eines Tages sah, als ich zu Fuß nach Hause ging mit meiner Einkaufstasche in der Hand; ich will mich an die Toten im Fernsehen erinnern, an die reglosen, brennenden Mönche, an die Massengräber, an die Völkermorde.

Ich will mich an meine Schreie erinnern, an die unvorstellbaren Schmerzen bei Roberts Geburt, als der Frauenarzt mit seinem Skalpell einen Dammschnitt machte; zu jener Zeit, als es noch keine Rückenmarksspritze gab und eine Niederkunft nur Schmerz bedeutete.

Ich will mich an meinen Kollegen Marc aus dem Büro erinnern, wie er immer mehr Gewicht verlor und wie schlecht es ihm ging, bevor er an einer seltsamen Krankheit starb, von der man später noch viel hören sollte.

Ich will mich an die Reaktion meiner Schwester erinnern in dem Moment, als das Herz unserer Mutter aufhörte zu schlagen, nachdem der Krebs zurückgekommen war und langsam die Oberhand gewonnen hatte. Ich will mich daran erinnern, wie Mama aufhörte zu atmen, unser Hausarzt ihr die Augen schloss und meine Schwester sich dann in ihrem irrsinnigen Schmerz vor unserer Mutter auf die Knie warf. Sie fing an zu schreien wie ein Kind und sagte zwischen ihren Tränenströmen immer wieder: »Du bist nicht tot, Mama, nicht wahr, sag, dass du nicht tot bist!« Ich will mich daran erinnern, wie der Arzt und ich uns ansahen und nicht wussten, was wir angesichts dieser irrationellen Reaktion tun sollten, und wie meine Schwester sich wieder dem Gesicht unserer Mutter näherte und noch heftiger schrie: »Du bist doch nicht tot, sag, dass du nicht tot bist!« Sie schrie ihr direkt ins Ohr, so laut, dass ich sie instinktiv am Arm packte und zurückzog; sie würde Mama weh tun. Ich will mich daran erinnern, dass mir schlagartig klarwurde, dass meine Reaktion genauso irrationell war wie die meiner Schwester. Mama konnte das Ohr nicht mehr weh tun, und auch sonst nichts. Daran will ich mich erinnern.

Ich will mich daran erinnern, wie Thomas sich als Baby losmachte und von seinem Hochstuhl fiel, während ich sein Fläschchen aufwärmte; ich will mich an den Klang von seinem Kopf auf den Küchenfliesen erinnern, dumpf wie eine platzende Melone, und daran, dass ich sicher war, er könne einen solchen Aufprall nicht überleben.

Ich will mich daran erinnern, wie ich ohnmächtig wurde, als Robert seinem Vater beim Basteln half und sich dabei das oberste Glied des rechten Zeigefingers abschnitt.

Ich will mich an den Tod meiner geliebten kleinen Schwester erinnern, ihren so dummen Tod, der zur Anekdote wurde und über den, das weiß ich genau, viele Nachbarn lachten: Sie hatte beim Sex ein Schlaganfall bekommen.

Ich will mich an den Tag erinnern, an dem ich zur »Vergesserin« wurde. An den Tag, an dem alles in sich zusammenstürzte.

Das alles will ich. Ich fordere es ein.

Ich untersage, dass man mir mein Leben stiehlt, auch das Schlimme daran, denn das ist mein Schmerz, diese Tränen gehören mir.

Thomas,
fünf Jahre nach Tag A

Ich war vor dem Fernseher eingeschlafen, als ich Mama schreien hörte. Das kam so oft vor, dass ich nicht gleich aufstand, doch nach einer Weile glaubte ich das Wort zu verstehen, das sie ständig wiederholte.

Ein Wort, das mir das Blut in den Adern gefrieren ließ.

Ich lief in ihr Zimmer, und als ich die Tür auf- und das Licht anmachte, sah ich sie weinen, die Bettdecke bis zum Kinn hochgezogen; wieder und wieder schrie sie das Wort, das ich zu verstehen geglaubt hatte: »Mama! Mamaaaa!«

Sie rief nach ihrer Mutter, die vor vierzig Jahren an Krebs gestorben war. Sie sah verzweifelt aus, völlig verängstigt, wie ein kleines Mädchen. Es lief mir kalt den Rücken hinunter. Normalerweise reichte es, die Tür zu öffnen und das Licht anzumachen. Sie hörte dann zwar nicht unbedingt sofort auf zu schreien, wurde aber abgelenkt von dem, was in ihrem Kopf vorging, was auch immer das sein mochte. Doch dieses Mal war es so, als wäre ich gar nicht da, sie wirkte immer noch genauso verängstigt und allein. Also ging ich auf sie zu, legte ihr vorsichtig eine Hand auf die Schulter – mit ausgestrecktem Arm und zurückgelegtem Kopf in Erwartung einer x-ten, reflexartigen Ohrfeige, aber sie schrie nur immer lauter: »Mamaaaa! Mamaaaa!« Sie war wie in Trance. Ich legte ihr die andere Hand auf die andere Schulter und wiegte sie ganz sachte, um sie wieder zur Besinnung zu bringen. Umsonst. »Mamaaaaaaa!« Ich schüttelte sie ein bisschen, denn ihre Schreie wurden immer gellender. Nichts zu machen. Dann schüttelte ich sie stärker, aber ich wollte ihr nicht weh tun, sie war mittlerweile so zerbrechlich, also redete ich sanft auf sie ein:

»Mama, ich bin doch da.«

»Mamaaaaa!«

»Ganz ruhig, ich bin ja bei dir.«

»Mamaaaa!«

Nichts zu machen. Ich hob die Stimme und ordnete im Ton eines Lehrers oder Polizisten an:

»Mama! Das reicht jetzt!«

»Mamaaaaa!«

»Bitte hör auf. Sei still!«

»Mamaaaa!«

Sie schrie nur immer lauter. Ich konnte nicht mehr und fing auch an zu schreien:

»Sei still! Mama, sei still, hör auf!«
»Mamaaaaa!«
»Mama, halt den Mund!«
»Mamaaaaaaaaaaaaaaa!«
»Halt die Schnauze, Mama! Schnauze!«
»Mamaaaaa!«
»Mama!«
»Mamaaaaaaaaaaaaaaaa!«
»Mamaaa!«
»Mamaaaaaaaaaaaaaaaaa!«
»Mamaaa!«
»Mamaaaaaaaaaaaaaaaa!«
»Ma…«

In diesem Augenblick hatte ich das Gefühl, meinen Körper zu verlassen und von oben auf die Szene hinabzuschauen: Ich sah, wie zwei Verrückte »Mamaaaa!« brüllten, immer abwechselnd, und das war so theatralisch, so vehement und absurd, dass ich einfach lachen musste. Der Lachkrampf kam tief aus meinem Innern, voller Verzweiflung, unkontrollierbar, und ich lachte, lachte und lachte, mir kamen die Tränen vor Lachen, und schließlich brüllte ich von den beiden Verrückten am lautesten. Ich konnte nicht mehr, ich war am Ende, aber es war zu lustig, und ich dachte, dass ich das in das Buch aufnehmen würde, wenn ich eines Tages über Mamas Krankheit schrieb. Ich war nämlich wirklich am Boden, und es ist immer lustiger, wenn der Held am Boden liegt.

Es lenkte Mama ab, zu sehen und zu hören, wie sehr ich lachte, und sie hörte auf zu weinen. Sie sah mich an wie einen Fremden, der ich für sie ja auch war, und fragte sich wohl, was dieser Unbekannte da machte, warum er sich zu dieser unchristlichen Zeit so rätselhaft benahm. Sie schlug mich nicht, sah mich nur an wie ein seltsames Tier. Und dann versiegte mein Lachen, alles Schlimme war weg. Mama drehte sich um, rollte sich zusammen und schlief ein, während ich auf dem Boden an ihr Bett gelehnt sitzen blieb und mich wieder an den Schmerz der Stille gewöhnte.

Ich hatte Mama geschüttelt. Ich hatte sie heftig geschüttelt, und ich hatte sie beschimpft. Es hatte mir gefallen, sie zu beschimpfen, sie anzuschreien hatte mich erleichtert, befreit.

Vielleicht war es an der Zeit, den Stab zu übergeben.

Madeleine,
zwei Jahre nach Tag A

Thomas ist praktisch die ganze Zeit bei mir. Es ist so lieb von ihm, sich um seine kranke Mutter zu kümmern. Dabei sollte er sich in seinem Alter besser darum kümmern, Emma zurückzugewinnen oder sie schlimmstenfalls zu ersetzen. Ich mochte Emma, auch wenn mir normalerweise die mediterranen Mädchen besser gefallen. Ich hatte mir Thomas immer mit einer schönen Schwarzhaarigen mit dunklem Teint vorgestellt, und doch hätte ich die blonde Emma mit ihren riesigen blauen Augen gern als Schwiegertochter gehabt. Aber nach dem Tod seines Vaters hat er sie ein bisschen vernachlässigt, und dann das mit mir, das hat es auch nicht gerade besser gemacht. Ich sage ihm immer wieder: »Thomas, geh nach Hause, ruf Emma an, ich bin sicher, dass sie keinen Neuen hat. Es ist doch erst zwei Monate her, und in zwei Monaten findet eine Frau keinen Ersatz für einen Mann wie dich!«

Doch dann sagt er, sie sei schon seit über einem Jahr fort, und ich werde wütend, weil es immer schlimmer wird, weil ich überhaupt nicht mehr mitbekomme, wie die Zeit vergeht. Letztendlich kann ich mich glücklich schätzen, dass Thomas bei mir ist, denn ich kann jetzt nicht mehr viel behalten. Ich erinnere mich an vieles von früher, aus der Kindheit, aus meiner Jugend, aber ich merke, dass ich Dinge, die erst vor kurzem geschehen sind, fast komplett vergesse. Wenn ich gefragt werde, was ich heute oder gestern gemacht habe, weiß ich es meistens nicht genau oder bringe es durcheinander, außer wenn irgendetwas Besonderes war. Ich habe Thomas gebeten, mir Kalender und Uhren zu kaufen, und sie in jedem Zimmer aufgestellt. Ich kämpfe, ich wehre mich mit meinen eigenen Waffen. Das Problem mit den Kalendern, bei denen man jeden Tag ein Blatt abreißen muss, ist, dass ich nie weiß, ob ich das vom Vortag schon abgerissen habe, also reiße ich immer zu viele ab. Dann muss ich mehrere Tage warten, bevor ich wieder eines abreißen kann, und in der Zwischenzeit weiß ich nicht mehr, welchen Tag wir haben.

Ich glaube, vor nicht allzu langer Zeit waren die Kinder alle da, um meinen Geburtstag zu feiern, aber ich wusste nicht mehr, dass ich an dem Tag Geburtstag hatte. War das vor drei Tagen oder vor einem Monat? Ich weiß es nicht, und ich werde es auch nie mehr wissen. Ich frage Thomas: »Sag mal, wann sind dein Bruder und deine Schwester noch mal zu meinem Geburtstag gekommen?«

Aber egal, was er antwortet, ich vergesse es auf der Stelle. Das ist schrecklich, denn es ist nicht einmal mehr Vergesslichkeit, es ist, als ob ich einen meiner Sinne verlieren würde, ich kann nichts mehr einschätzen, ich sehe die Zeit nicht mehr, sie hat weder Geruch, noch Farbe noch Geschmack mehr. Warum ist die Zeit eigentlich nicht einer unserer Sinne?

Ich habe die Zeit verloren.

Ich will immer noch sterben. Oft möchte ich das Fenster aufmachen und mich hinauswerfen, aber es ist nicht hoch genug, es könnte danebengehen, und dann wäre ich womöglich einfach nur verkrüppelt.

Was für eine komische Flasche!

Ich glaube, dass mein *Ich* mich wirklich allmählich verlässt. An die Ereignisse, die ein paar Jahre her sind, erinnere ich mich. Wie an meine Reise in die Schweiz, die letzte mit meinem Mann, oder an die Geburt von Juliettes Sohn, meinem süßen Enkel. Wie heißt er noch gleich? Robert, nein, o nein, das ärgert mich, ach ja, Luca! Also, an all das erinnere ich mich. Ich trainiere mein Gedächtnis jeden Tag, aber es ist, als ob schon ein Schleier über bestimmten Momenten liegt. Ich sehe sie schlechter, undeutlicher. Ich weiß, was das bedeutet: Bald werde ich Lucas Geburt und die Tage mit Juliette in der Klinik vergessen. Ich half ihr und umsorgte sie, denn es war eine schwere Geburt, wie meine erste, und Juliette hatte starke Schmerzen. All das macht das Leben aus. Ich werde mich nicht mehr daran erinnern, wie ich ihr einen oder zwei Tage lang geholfen habe aufzustehen, um ihre Schmerzen ein wenig zu lindern. All das wird nicht mehr da sein.

Und dann wird es wie eine Zündschnur brennen. Alzheimer wird alles versengen, bis schließlich die Explosion kommt. Es ist unerträglich. Ich will das alles nicht.

Man könnte meinen, die Flasche wäre leer.

Ich will sterben. Thomas lässt oft den Arzt kommen oder bringt mich zu ihm, wenn er meint, ich müsse ein bisschen an die Luft kommen. Ich schlucke immer mehr Tabletten, unser Hausarzt sagt, ich sei depressiv: »Düstere Gedanken sind in Ihrem Zustand ganz normal.«

Doch ich habe den Eindruck, dass er das sagt, um mir eine Freude zu machen. Niemand versteht das, oder? Niemand versteht *mich*. Ich werde alles und jeden vergessen, und da ist nichts zu machen; ist das nicht Grund genug, um in eine tiefe Depression zu verfallen? Ist das nicht ein guter Grund, um sich zu wünschen, der Kopf möge explodieren? Es reicht mir! Ich bin das alles wirklich leid. Es reicht, verdammt noch mal!

Ach, wäre ich doch nur allein, und niemand würde mich lieben!

Komisch, diese leere Flasche.

6

Die letzte Reise

Thomas,
fünf Jahre und sechs Monate nach Tag A

Juliette und Robert erzählte ich nichts von der wenig rühmlichen »Mamaaaaaa«-Episode, und die Idee, den Stab zu übergeben, verwarf ich damals schnell wieder. Es kam nicht in Frage, Mama in ein Sterbehaus zu stecken mit Leuten, die zehnmal älter und viel stärker betroffen waren als sie. Also ging das tägliche Leben weiter wie zuvor. Und wurde natürlich schlimmer. Vor etwa vier Monaten passierte etwas Außergewöhnliches. Mein Bruder und meine Schwester kamen, um einen Abend mit uns zu verbringen, und da erwartete sie eine Überraschung: Mama hatte alle beide vergessen. Gleichzeitig, einfach so. Sie klingelten, ich begrüßte sie, und wir gingen zu Mama auf den Balkon. Sie hatte Brot in der Hand und fütterte damit Tauben, die sich um die Krümel zankten; das war etwas, was sie seit einiger Zeit in sehr gute Laune versetzte. Als sie Juliette und Robert sah, lächelte sie und sagte: »Guten Abend die Dame, guten Abend der Herr, kommen Sie, sehen Sie sich meine Tauben an, sie sind so schön!«

Es war so weit. Die beiden existierten auch nicht mehr. Es versetzte ihnen einen ganz schönen Schlag, Juliette lief weinend hinaus, Robert setzte sich ins Wohnzimmer und blieb dort lange schweigend sitzen, das Kinn auf die Hand gestützt. Seine Augen waren feucht, aber er nahm sich zusammen und weinte nicht. Nicht aus Scham, nein, das hatten wir schon lange hinter uns; ich glaube einfach, dass er nicht mehr weinen wollte.

Als Juliette wieder zurückkam, nahmen wir uns alle drei in die Arme, und sie sagten zu mir: »Siehst du, jetzt bist du nicht mehr allein, jetzt sind wir alle gleich.«

Ich stimmte ihnen zu, denn ich wusste ja, wie hart dieser Moment für sie war. Aber im Grunde war ich selbst immer noch genauso verletzt, denn was auch immer geschehen mochte, ich würde immer derjenige sein, der als Erster vergessen wurde. Daran würde sich nichts ändern. Schlimmer noch, nichts und niemand würde es mir je erklären können. Wenn ich es genau bedachte, war es wahrscheinlich meine eigene Schuld: Anders als Robert und Juliette war ich kein besonders guter Schüler oder Student gewesen, ich hatte mir nie besondere Mühe gegeben. Außerdem hatte ich meine Gefühle für Mama nie besonders gezeigt oder viel darüber geredet, und ich glaube, ich hatte ihr auch nie gedankt für all das, was sie mir auf den Weg mitgegeben hatte. Vielleicht brachten gerade diese vielen kleinen Enttäuschungen ihr Gehirn dazu, mich als Ersten zu vergessen.

Um auf unseren ersten gemeinsamen Tag als Vergessene anzustoßen, holten wir ein paar alte Flaschen aus Papas Keller. Mama hatte nie etwas getrunken, es war also noch genügend Whisky und Martini da, so dass wir uns alle drei fröhlich einen hinter die Binde gießen konnten, und wir brachten einen guten Teil der Nacht damit zu, über alte, zum tausendsten Mal erzählte Erinnerungen zu lachen. Schließlich stand eine ziemlich unvernünftig hohe Zahl leerer Flaschen auf dem Couchtisch herum, und die beiden mussten nach Hause. Sie riefen ein Taxi, und ich blieb wieder allein zurück, allein und betrunken, mit Mama, die in ihrem Zimmer war, aber nicht schlief; ich hörte, wie sie sprach und gelegentlich ihre Zimmertür auf- und wieder zumachte.

Es war also geschehen, sie hatte alle ihre Kinder vergessen. Ihre drei Augäpfel, wie sie früher immer gesagt hatte. Die Krankheit hatte in ihrem unbarmherzigen Verlauf bereits ein gutes Stück zurückgelegt, sie konnte stolz auf ihre Leistung sein. Ich fragte mich, wie es weitergehen würde. Also hockte ich mich vor den Computer und durchforstete die Foren nach Berichten, die etwas vom Üblichen abwichen. Ich las den Bericht einer Frau, deren Vater sie zwei Jahre lang nicht erkannt hatte. Dann sprach er sie plötzlich mit ihrem Vornamen an, als sei nichts gewesen, und redete einen kurzen Moment mit ihr genau wie früher über eine gemeinsame Erinnerung; eine ziemlich lustige Geschichte übrigens, an die ich mich aber nicht mehr erinnere, denn eine absurde Hoffnung keimte in mir auf: dass meine Mutter mich ein letztes Mal erkennen und mit mir sprechen würde. Wenn das bei anderen passiert war, dann war es doch möglich! »Und wenn das heute Abend der Fall wäre?«, flüsterte mir der Whisky zu. Ich zögerte kurz, dann ging ich in ihr Zimmer und setzte mich auf den Stuhl neben die kleine Nachtlampe, die ich angebracht hatte, weil Mama seit einiger Zeit nicht mehr im Dunkeln schlafen wollte. Ich sah nach und stellte sicher, dass sie wach und ruhig war, dann richtete ich sie ein bisschen auf, stopfte ihr ein dickes Kissen in den Rücken und nahm ihre Hände in meine. Reglos wartete ich, dass sie mir den Kopf zuwenden und mich ansehen würde. Ich musste lange warten. Dann, plötzlich, sah sie mich an, als ob sie gemerkt hätte, dass ich neben ihr saß. Ich beugte mich vor, um ihre Augen genau sehen zu können. Es waren wirklich die Augen meiner Mutter. Und dank des Martinis konnte ich mit ihr sprechen, ihr das sagen, was sie wahrscheinlich schon immer hatte hören wollen und worauf sie – vielleicht zum letzten Mal – reagieren würde.

»Mama, meine geliebte Mama, erkenn mich noch ein letztes Mal, ich flehe dich an! Ich danke dir für alles, was du für mich getan hast, für alles, was du mir gegeben hast: Liebe, Wohlwollen und alles andere, alles, was so wichtig für uns war. Ich bitte dich, liebste Mama, schau mich an und nimm die ganze Liebe zusammen, die dir noch geblieben ist. Es tut mir leid, ich hätte besser arbeiten, dir meine Liebe besser zeigen sollen, ich hätte dir sagen sollen: ›Ich liebe dich!‹ Hast du gehört? Ich sage es jetzt: ›Ich liebe dich, Mama!‹ Hast du es gehört? Ich habe es gesagt! Sagst du es mir auch? Komm, Mama, zeig mir deine Liebe, sag mir, dass ich dein Sohn bin. Nenn mich ein letztes Mal Thomas, das ist alles, worum ich dich bitte. Sag mir, dass du mich liebst, Mama, sag mir, dass du meine Mama bist, dass ich dein Kleiner bin, dein Liebling, wie früher.

Ich werde dich nie mehr um etwas bitten, ich schwöre es, aber erkenn mich nur noch ein letztes Mal, ich flehe dich an. Sprich mit mir, sag mir, dass es mich gibt.«

Sie sah mich direkter an als sonst, mir schien, als würde sie ein wenig meine Hand drücken.

»Ja, Mama, sag es. Ich flehe dich an, sag es mir!«

Ihr Mund öffnete sich, ganz langsam, sie drückte meine Hand noch ein bisschen stärker und sagte leise:

»Eine Art Taube, aber aus Gips.«

Madeleine,
zwei Jahre und sechs Monate nach Tag A

Ich sehe immer lieber fern. Früher habe ich mir nur Filme angeschaut oder Natursendungen, abends, wenn ich keine Lust hatte zu schlafen. Jetzt gefällt mir fast alles, ich schaue die ganze Zeit fern. Thomas schimpft, er sagt, ich solle mich bewegen, etwas tun. Von mir aus gern, aber was? Es gibt nichts zu tun, glaube ich. Vor ein paar Tagen habe ich zu meiner Nachbarin gesagt, sie möge die Mülltonne nicht schieben, aber natürlich hat sie sie geschoben, heute Morgen oder gestern noch. Das bringt alles gar nichts.

Ich habe den Eindruck, dass Robert und Juliette jetzt häufiger herkommen, das freut mich, aber Thomas will nicht, dass ich koche; am Anfang habe ich darauf bestanden, aber er war dagegen. Er macht es auch ganz gut, und im Grunde passt es uns allen. Ich glaube, ich habe mein Händchen fürs Kochen auch ein bisschen verloren. Ich mache zwar alles wie früher, Hühnchen, Gemüse, Bouillon, aber oft schmeckt es nicht mehr so gut. Vielleicht verliere ich aber auch den Geschmackssinn, das müsste ich mal den Arzt fragen. Aber diese Sache mit der Mülltonne, das lässt mir keine Ruhe. Thomas sagt, er werde morgen mit der Nachbarin darüber sprechen.

Wenn die Kinder alle drei da sind, sprechen wir über alles, nur möglichst nicht über das Thema Krankheit. Sie sprechen so nett mit mir, lesen mir jeden Wunsch von den Augen ab, da wird mir ganz warm ums Herz, bei so liebevollen, so fürsorglichen Kindern. Wenn ich mir vorstelle, dass ich diese Aufmerksamkeiten und diese Liebe eines Tages vergesse, werde ich ganz traurig.

Aber ich denke nicht mehr an Selbstmord, das ist alles vorbei, ich bin auf andere Art und Weise traurig. Warum, weiß ich nicht. Im Fernsehen kam eine Frau, die eine schreckliche Krankheit hatte, ich weiß nicht mehr was für eine, aber eine wirklich schreckliche, eine schlimmere als ich. Und sie wollte nicht sterben, im Gegenteil, sie sagte: »Ich will kämpfen, bis zum Schluss, für meine Familie.« Wie tapfer von ihr! Ich will nicht kämpfen, ich will nur, dass es mir einigermaßen gutgeht. Ich finde, sie war wirklich tapfer. Nicht wie diese andere mit ihrer Mülltonne.

Thomas,
fünf Jahre und sechs Monate nach Tag A

Vor einigen Wochen kam Juliette vorbei, *schneite einfach so herein*, wie sie es ausdrückte. Es war mitten in der Woche, mitten am Nachmittag dazu, eine Zeit, zu der sie normalerweise nie gekommen wäre, weil sie in ihrer Arbeit steckte. Daraus schloss ich, dass ihr Besuch im Gegenteil beabsichtigt, genau geplant war. Sie hatte sich sicher freinehmen, Termine oder eine Sitzung verschieben, also alles organisieren müssen, um so *hereinschneien* zu können. Da war etwas faul, aber ich tat ganz arglos.

»Lieb von dir, uns einen kleinen Besuch abzustatten, Schwesterchen!«

»Ich war in der Nähe, da dachte ich, ich könnte einen kleinen Abstecher machen. Geht's dir gut?«

»Ja, danke.«

»Und was machst du gerade?«

»Och, ich bin am Computer.«

»Schreibst du?«

»Ja.«

»Super! Ich bin total neugierig, ich muss unbedingt mal einen Blick darauf werfen!«

Sie setzte sich an den Computer und bewegte die Maus, um den Bildschirm zu aktivieren.

»Hey, dein neuer Roman ist ja rasend spannend. Wie heißt er? ›Nächstes Jahr anfallende Kosten und Steuern‹? Phantastisch, da steht was von einem neuen Computer, von Zugtickets. Was für eine tolle Handlung!«

»Bitte, Juliette!«

»Du schreibst nicht mehr, Thomas.«

»Doch, aber …«

»Dann zeig es mir!«

»Äh, ich habe gerade nichts da, ich habe nur …«

»Du hast nur seit Ewigkeiten keine einzige Zeile mehr geschrieben. Wie lange, seit zwei Jahren? Seit drei?«

»Etwas mehr. Aber ich habe einen Vorsprung, ich habe schon zwei Manuskripte in der Schublade, also kein Problem.«

»Nichts da, *Vorsprung*. Du hast sie in die Schublade getan, weil sie dir nicht gefielen! Gib's zu!«

»Wenn du meinst.«

»Natürlich meine ich das! Also?«

»Also schreibe ich nicht mehr. Mir fällt nichts mehr ein.«

»Weil du unter diesen Umständen nicht schreiben kannst. Thomas, du hast genug getan. Wir müssen Mama unterbringen.«

Mama »unterbringen«. Ich hasste dieses Wort von Anfang an. Die Unaufrichtigkeit darin, die Lüge, die Scham. Dieses Wort ist ein Vorhang, hinter dem man sich versteckt. Man »bringt« seine Mutter nicht »unter«, man lässt sie im Stich. Das kam überhaupt nicht in Frage. Ich hatte sie nie mehr angeschrien, sie brauchte mich immer mehr, für alles.

»Und was sollen wir tun? Sollen wir sie vielleicht ins Tierheim bringen? Ist es das, was du willst?«

»Du bist wirklich bescheuert! Ich halte mich zurück,

weil ich nur zu gut weiß, wie weh das tut, aber ehrlich, ich hätte die größte Lust, dir eine zu kleben! Du hast kein Recht, so mit mir zu sprechen!«

In diesem Moment kam Mama ins Wohnzimmer, wahrscheinlich angelockt von dem steigenden Geräuschpegel. Aber sie sah uns kaum an, setzte sich nur vor den ausgeschalteten Fernseher. Ihre gespenstische Erscheinung bewirkte, dass wir uns beruhigten und ein bisschen leiser sprachen.

»Wie kannst du nur so etwas sagen, Thomas?«

»Aber wir können sie doch nicht im Stich lassen! Sie wird allein sein, die Ärmste, und dann … »

»Warte mal! Was ist denn das für ein Geruch?«

»Was?«

»Dieser Gestank! Es stinkt nach Scheiße. Das ist ja ekelhaft! Sag bloß nicht, dass du das nicht riechst!«

»Ach so. Das ist Mama. Aber keine Sorge, sie trägt eine Windel.«

Juliette sah mich mit einer Miene an, die ich von ihr gar nicht kannte, mit einer Mischung aus Sprachlosigkeit und Entsetzen.

»Du legst Mama Windeln an?«

»Ja, aber noch nicht lange, nur, weil ihr ein- oder zweimal ein Malheur passiert ist.«

»Du legst Mama Windeln an! Du, Thomas, legst unserer Mutter Windeln an, und natürlich vergisst du, mir oder Robert davon zu erzählen!«

»Aber da gibt es doch nichts zu erzählen. So ist es nun

mal, sie braucht jetzt welche, und dann lege ich sie ihr halt an.«

»Und wenn sie in ihre Windel macht, so wie jetzt, was machst du dann?«

»So eine blöde Frage! Was glaubst du wohl, was ich dann mache?«

»Sag es.«

»Nein.«

»Thomas, sag es!«

»Nein!«

»Du wischst ihr den Hintern ab! Verdammt, Thomas, du machst Mamas Scheiße weg, und du wechselst ihr die Windeln!«

»Also gut! Ja, ich wische sie ab! Ich wische den Arsch unserer Mutter ab! Na und? Das hat sie doch auch bei uns gemacht!«

Juliette standen die Tränen in den Augen, und sie ballte die Fäuste.

»Thomas, ich liebe dich. Ich liebe dich, und ich bewundere dich auch. Es ist großartig, was du machst. Aber es ist Zeit, dass du wieder anfängst, selbst zu leben. Ist dir eigentlich klar, dass du gar kein eigenes Leben mehr hast? Keine Freunde mehr, keine Liebe mehr, nichts! Also, hör mir gut zu, Brüderchen, denn ich sage das zu deinem eigenen ebenso wie zu Mamas Bestem: Ob du willst oder nicht, morgen ist sie nicht mehr hier.«

Madeleine,
zwei Jahre und sechs Monate nach Tag A

Ich bin müde. Beinahe die ganze Zeit. Ich bin müde, kann aber nicht schlafen, jedenfalls immer weniger. Vor allem nachts ist es schlimm. Sobald ich die Augen zumache, schwirren mir lauter Dinge durch den Kopf, Erinnerungen, Vorstellungen, alles durcheinander, mir wird dann ganz schwindelig, darum will ich nicht schlafen, ich halte die Augen auf und versuche an nichts zu denken. Aber immer wenn man versucht an nichts zu denken, denkt man an eine ganze Menge. Manchmal stehe ich auf und gehe ein bisschen durch die Wohnung, aber dann rege ich mich oft auf, weil Max überall seine Sachen herumliegen lässt. Und wer räumt sie dann auf? Ich natürlich! Wenn das so weitergeht, verbringe ich noch meine Nächte damit, Max hinterherzuräumen. Ich bin doch nicht seine Putzfrau, oder? Darum haben wir doch nicht geheiratet!

Manchmal läuft im Fernsehen eine medizinische Sendung über Alzheimer. Neulich wurden in einer Reportage lauter alte Leute in einem Krankenhaus oder einer Klinik gezeigt. Alles »Vergesser« wie ich, aber richtig alt. Man konnte sehen, wie sie in einem Raum voll schäbiger Tische und voller Aquarien mit den Krankenschwestern schwachsinnige Spiele spielten, Spiele für Kinder, zum Beispiel Holzdreiecke durch dreieckige Löcher stecken; einem von den Alten gelang nicht einmal das. Ich hätte am liebsten den Fernseher zerschlagen. So kann ich nicht werden, das darf nicht sein! Und dann war da eine Alte, die stundenlang den Fischen in einem der kleinen Aquarien zusah. Sie saß da mit offenem Mund, im Oberkiefer hatte sie keine Zähne mehr, das konnte man zwar nicht sehen, aber ihre Lippe war ganz eingefallen, und da saß sie nun, mit offenem Mund, und starrte wie eine Tote stundenlang auf das Ballett dieser blöden Fische. Aber wahrscheinlich waren die noch intelligenter als sie. Ich schleuderte die Fernbedienung gegen den Bildschirm. Robert kam und schimpfte ein bisschen mit mir, aber ich sagte, ich könne machen, was ich wolle, das sei mein Fernseher und ich sei seine Mutter. Da küsste er mich auf die Stirn, und das beruhigte mich, er ist so lieb, mein Robert, immer ist er bei mir. Er ist dünn geworden.

Ich bin fast immer müde, denn ich kann nicht schlafen, vor allem nachts nicht, nachts ist es schlimm, ich hasse diese Nächte immer mehr. Ich denke über tausend Dinge nach, die mich vom Schlafen abhalten, also versuche ich, an nichts zu denken. Ich erinnere mich, dass ich als kleines Mädchen Angst vor der Dunkelheit hatte, ich wollte im Flur ein Licht anlassen, aber dann konnte meine Schwester nicht schlafen. Sie mochte die Dunkelheit, und da wir ein Zimmer zusammen hatten, gab es ständig Streit. Mama wusste nicht mehr weiter, aber weil ich die Ältere war, entschied sie, dass ich im Dunkeln warten musste, bis meine Schwester eingeschlafen war, und dass wir dann ein Licht für mich im Flur anmachen und die Tür einen Spalt offen lassen würden. Danach konnte ich einschlafen.

Thomas,
fünf Jahre und sechs Monate nach Tag A

Juliette hatte gesagt: »Morgen ist sie nicht mehr hier.« Aber es dauerte dann noch zwei Monate. Obwohl meine Schwester wild entschlossen war und sie sehr hartnäckig sein kann, gibt es Berge, die sich nicht so leicht versetzen lassen.

Ich wehrte mich nicht mehr, denn ich wusste, dass sie recht hatte. Viel länger hätte ich es nicht ausgehalten, ich wäre zusammengebrochen. Ich glaube, wir haben etwas Gutes gefunden, ein Pflegeheim, wo sie alles bekommt, was sie braucht. Wir haben uns so abgesprochen, dass Mama jeden Tag zweimal Besuch hat. Juliette und Robert würden sie abwechselnd um elf Uhr vormittags besuchen, zum Mittagessen, und ich würde an den Nachmittagen hingehen. Ich war überrascht und vor allem froh, dass sie bei ihrem aufreibenden Berufsleben so viel Zeit aufbringen konnten. Sie sagten, das täten sie auch für mich, ich solle wieder normal leben, und – das war natürlich eine Idee von Juliette – ich musste ihnen hoch und heilig versprechen, dass ich nicht mehr als drei Stunden am Tag bei Mama verbringen würde. Jeden Tag einundzwanzig Stunden normales Leben, was für eine Veränderung! Und ich werde mich daran halten, dessen bin ich mir sicher.

Morgen ist der große Tag. Oder vielmehr heute, so spät, wie es schon ist. Ich weiß, dass ich nicht schlafen werde, bis sie kommen und wir alle drei Mama dorthin begleiten, von wo sie – wenn nicht ein Wunder geschieht – nie wieder weggehen wird. Ich muss mich damit abfinden, es ist Mamas letzte Nacht in diesem Haus. In *ihrem* Haus.

Sie schläft auch nicht, das höre ich. Sie ist in ihrem Zimmer, murmelt, macht ihre seltsamen Geräusche. Einen Teil der Nacht ist sie durch den Flur gewandert, hat mich ein- oder zweimal beschimpft, aber nichts zerschlagen. Als sie an der Wohnzimmertür vorbeikam, fragte sie mich: »Wo ist mein Vater?« Ich antwortete, ich wisse es nicht, und sie kehrte anstandslos wieder um. Dreißig oder vierzig Sekunden später, gerade lang genug, um ein paar Meter durch den Flur zu schlurfen und wieder zurückzukommen, stand sie erneut da und fragte: »Wo ist mein Vater?« Wieder antwortete ich, dass ich es nicht wisse, und das Ganze wiederholte sich auf genau die gleiche Art und Weise noch mindestens fünfzigmal. Fünfzigmal stellte sie mir dieselbe Frage in demselben Ton: »Wo ist mein Vater?« Fünfzigmal antwortete ich, dass ich es nicht wisse. Und dann ging sie schließlich wieder in ihr Zimmer.

Mamas Murmeln wird übertönt von einem Schlüsselgeräusch an der Eingangstür. Robert und Juliette sind schon da, obwohl sie eigentlich erst um acht Uhr kommen sollten. Es ist gerade mal halb sieben, und ihren Gesichtern sehe ich an, dass sie auch nicht geschlafen haben; also verbringen wir diese anderthalb Stunden doch besser zusammen als allein. Schweigend frühstücken wir und teilen uns geschwisterlich die Croissants, die Robert unterwegs gekauft hat. Wir essen sie mit überraschendem Appetit; es ist tröstlich, so ein Frühstück im Kreis der Familie. Wie früher, als wir Kinder waren und die Marmelade uns den bevorstehenden Tag vergessen ließ.

Als wir zu Ende gefrühstückt haben, sehen wir uns an und wissen, dass es bald Zeit ist; Juliette und ich ziehen unsere Jacken an, gleichzeitig: In schlechten Momenten ist es einem immer kalt. Ich bitte sie, die Taschen ins Auto zu bringen, während ich unsere Mutter hole.

Leise öffne ich die Tür zu ihrem Zimmer, und da sitzt sie im Schneidersitz auf dem Fußende ihres Bettes; sie hält die Arme in einer Art Halbkreis vor ihrem Oberkörper und bewegt sie leicht hin und her. Ich brauche ein paar Sekunden, um zu verstehen, dass sie ein Phantasiewesen in ihren Armen wiegt. Ich trete einen Schritt vor, und als sie mich sieht, leuchten ihre Augen:

»Papa, da bist du ja!«

»Ich … Ja, ich bin da.«

»Sprich nicht so laut, er schläft.«

»Wer schläft?«

»Elvis natürlich!«

»Wer ist denn Elvis? Dein Baby?«

»Aber nein, Papa! So ein Quatsch, ich bin doch noch viel zu klein für ein Baby! Elvis ist eine Puppe.«

Ich sehe ihr einen Augenblick lang zu, sie sieht glücklich aus. Dann beginnt sie, ganz leise ein Wiegenlied zu singen: »Schlaf, Kindlein, schlaf, am Himmel …« Sie ist wieder ein kleines Mädchen, das in seinem Zimmer mit seiner Puppe spielt und dem sein Vater zuschaut. Sie lächelt, ihr ganzes Gesicht strahlt, während sie das Lied zu Ende singt und dann der Puppe leise etwas ins Ohr flüstert. Es ärgert mich, dass ich diesem Moment des Glücks ein Ende setzen muss:

»Komm, wir müssen gehen.«

»Wohin, in die Schule?«

»Ja, genau, wir gehen in eine neue Schule.«

»Kann ich Elvis mitnehmen?«

»Ja, natürlich kannst du ihn mitnehmen.«

Ich nehme Mama bei der Hand und ziehe sie ein bisschen hinter mir her; mit ihrer anderen Hand hält sie die imaginäre Puppe.

»Hast du gehört, Elvis? Du darfst mit mir in die Schule kommen! Und sogar in eine neue Schule!«

Eine neue Schule. So etwas Ähnliches ist es ja letztlich auch. Dort gibt es andere Kinder, so wie sie. Nur, dass die Eltern sie nie mehr abholen kommen.

Vor der Tür warten Robert und Juliette mit den letzten Taschen in den Händen auf mich. Ich trage Mama die wenigen Stufen hinunter. Ich steige hinten mit ihr ein; nach knapp einer Minute scheint sie ihre Puppe vergessen zu haben, und ihr Blick ist wieder leer. Sie ist in ihren Kokon zurückgekehrt.

Ich schlage meinen Kragen hoch, mir ist noch kälter als vorhin. Mama wird sich so allein fühlen, so verlassen unter all den Leuten, die sie nicht kennt. Ich bin sicher, dass es ihr trotz allem mit Leuten, die sie nicht *mehr* kennt, besser ginge.

Zweiter Teil

1

Der Einsturz

Madeleine,
drei Jahre nach Tag A

Schlimm, dieses Fernsehen, wirklich schlimm! Wer spricht da überhaupt? Normalerweise ist es so eine blonde Frau, aber der, wer ist denn das? Diesen Mann habe ich noch nie gesehen, was macht der bloß in meinem Fernseher? Also das ist neu, dass sich jemand selbst in meinen Fernseher einlädt und mit mir spricht; ich habe ihn nämlich nicht darum gebeten, ich will, dass es so ist wie immer, ich will mit dieser Frau sprechen, meiner Lieblingssprecherin. Oder vielleicht habe ich den falschen Knopf gedrückt? Also: 1 – nein, 2 – nein, 3 – nein, aber wo ist denn nur diese Blonde, die ich so gern sehe, ich kann sie einfach nicht finden, und dann dieser Lärm an der Tür, der geht mir auf die Nerven, wer macht da so einen Lärm an der Tür?

»Hallo, Mama.«

»Wer sind Sie?«

»Mama, ich bin es, Thomas!«

»Thomas, ja … Thomas, äh, Sie sind, äh … Nein. Ich kenne Sie nicht.«

Normalerweise ist dieser junge Mann doch nicht da, oder? Nein, ich glaube nicht.

»Ich lass dich ein bisschen fernsehen, danach geht es dir besser und du erkennst mich, da bin ich mir sicher.«

»Wie viel Uhr ist es?«

»Neun Uhr morgens, Mama, ich habe bei mir zu Hause übernachtet. Hast du geschlafen?«

»Ich weiß nicht.«

Neun Uhr, ja, aber um neun ist doch normalerweise diese Frau da, die Blonde, die ich so mag, wo ist sie denn? Ach, das ärgert mich, sie ist doch sonst immer da, mit ihren gut frisierten Haaren, sie ist so hübsch, und ich mag ihre Stimme, eine sanfte, singende Stimme, wie die meiner Schwester, ach, wo ist eigentlich meine Schwester? Und wo ist diese blonde Frau, die ich so mag?

»Aber du erinnerst dich doch an gestern Abend, ich war hier bei dir, und heute Morgen bin ich wieder da, wie jeden Tag. Und auf dem Weg hierher habe ich deine Medikamente geholt.«

»Ach, Sie wollen mir die Spritze geben?«

»Die Spritze? Welche Spritze?«

»Ach, was weiß ich! Lassen Sie mich bitte fernsehen.«

Er geht mir auf die Nerven, dieser junge Mann! Und bei einem so jungen Arzt, da nehme ich mich in Acht. Wo ist denn jetzt diese Frau, diese Blonde, die ich mag, auf welchem Knopf? 4 – nein, 5 – nein, 6 …?

»Ich bin doch kein Arzt! Sieh mich an, Mama. Gib mir mal die Fernbedienung, damit ich den Ton etwas leiser stellen kann. Sieh mich an. Du erkennst mich doch, Mama, oder? Ich gebe keine Spritzen, ich bin dein Sohn. Thomas, weißt du, dein Lieblingskind! Nein, war nur ein Scherz! Du liebst uns alle drei gleich, nicht wahr? Deine drei geliebten Kinder! Sag schon, dass du deine drei Kinder alle gleich liebst. Erzähl mir von deinen Kindern, dann erinnerst du dich wieder.«

Also, wenn er mit mir über meine Kinder reden möchte, dann muss er nett sein. Ein netter junger Mann. Die Blonde, die mir so gefällt, kann ich ja später wieder suchen, zuerst will ich mit dem jungen Mann – er ist sicher Krankenpfleger, wenn er schon kein Arzt ist – über meine Kinder sprechen. Ich spreche so gern über meine Kinder, ich liebe sie über alles, sie sind mein ganzer Stolz. Robert und Juliette, meine Augäpfel.

Thomas,
sechs Jahre nach Tag A

Am Anfang war das Altersheim der reine Horror. Ich sah in den anderen Bewohnern nur Mamas mögliche Zukunft. Die meisten litten unter Demenz, in der Regel aufgrund von Alzheimer, und während ich durch die Gärten, Flure und Gemeinschaftsräume wanderte, sah ich keine Menschen, sondern nur wahrscheinliche Entwicklungsstadien meiner Mutter. Meine Mama in einigen Monaten, so wie die Frau mit düsterem, starrem

Blick, die mit niemandem mehr sprach – erstarrt in ihrem Zorn und ihren Ängsten; meine Mama in ein oder zwei Jahren, so wie der alte Mann, der immer magerer wurde, mit offenem, sabberndem Mund da sitzen blieb, wo man ihn hingesetzt hatte, und nur ab und zu einen Laut von sich gab – vielleicht träumte er ja. Und in den Zimmern überall Versionen meiner Mutter kurz vor dem Ende, leer, wie tot auf ihren Betten. Und niemand, der bei ihnen gewesen wäre.

Nach einigen Wochen achtete ich nicht mehr auf die anderen Bewohner, sie waren nur noch Dekor wie die Grünpflanzen. Solche Vergleiche hätten Mama früher zum Lachen gebracht. Aber das war alles vorbei, Mama lachte nicht mehr, sie schlug zu. Sie nutzte es aus, dass sie noch zu den Mobileren und Agileren gehörte, und ließ es sich nicht nehmen, von Zeit zu Zeit um sich zu schlagen. Manchmal wurde mir berichtet, sie habe einen Opa im Rollstuhl geschlagen, dessen einziges Vergehen es gewesen war, sie anzusprechen, oder sie habe eine Frau geohrfeigt, die auf einem Flur Selbstgespräche führte. Das Personal sagte mir Bescheid, wenn ich kam oder ihnen über den Weg lief, aber so, als ob sie in einer Betriebskantine den Speiseplan durchgaben – sachlich, ohne irgendwelche Gefühle, denn so etwas kam ständig vor, so war es nun einmal. Am Anfang war mir das peinlich, und ich entschuldigte mich für Mamas Aggressivität. Aber ich begriff schnell, dass das gar nicht nötig war. Das ist das Angenehme an den Leuten, die dort arbeiten, sie nehmen einem die Schuldgefühle. Sie haben immer schon

Schlimmeres gesehen, haben Geschichten von Patienten, die tausendmal gravierendere, unsinnigere oder brutalere Dinge getan haben, man braucht sich also nicht zu entschuldigen, für sie ist es Routine.

Ich komme jeden Tag um fünfzehn Uhr und gehe um achtzehn Uhr wieder. Ich halte mich an die Abmachung, ich bleibe nie auch nur eine Minute länger; aber auch nie eine Minute kürzer. Ich fahre genau vierundzwanzig Minuten vorher von zu Hause los, der Parkplatz ist nie ganz voll. Für den Rückweg brauche ich zehn Minuten länger, denn zu der Zeit ist mehr Verkehr; so gegen zwanzig vor sieben bin ich dann zu Hause. Zu Hause, das ist Mamas Haus, meine Wohnung habe ich aufgegeben, sie stand ohnehin fast leer, und ich habe schon viel zu lange unnötig die Miete bezahlt. Juliette und Robert haben mich darin bestärkt, im Haus zu bleiben, da ich Lust dazu hatte und meine Sachen sowieso schon dort waren, das war kein Problem für sie. Ganz im Gegenteil, was gut für mich sei, sei auch gut für sie. Seit Mama im Heim ist, habe ich das Gefühl, ich sei der Kranke. Mein Bruder und meine Schwester fassen mich mit Samthandschuhen an, sie widersprechen mir nie, und zu allem Überfluss denken sie, ich würde es nicht einmal merken. Manchmal bin ich es leid, aber ich weiß, dass sie es gut meinen, wahrscheinlich telefonieren sie miteinander und sprechen über mich. Ich kann mir Juliette gut am Telefon vorstellen: »Wenn er im Haus bleiben will, kein Problem, Hauptsache, er schreibt und kommt ein bisschen unter Leute.« Worauf Robert dann wahrscheinlich antwortet: »Genau, Juliette, du hast recht.« Natürlich hat Juliette recht, sie hat oft recht, ziemlich nervig übrigens, aber gut. Ich bin jedenfalls nicht depressiv oder so, ich brauche nur ein bisschen Zeit, um mich wieder zu fangen.

Bald werde ich wieder schreiben, das spüre ich. Es steigt wieder hoch. Denn das Schreiben steigt von unten nach oben. Am Anfang dachte ich, es sei wie ein Wasserfall. Ich hatte den Eindruck, alles käme von oben, aus einer Quelle der Inspiration, die in meinem Kopf sprudelte und die ich nur fließen lassen musste. Dann verstand ich, dass es ganz anders ist. Schreiben, das ist ein innerer Vulkan, der sich Bahn brechen muss. Ein Schriftsteller muss die Lava lotsen, muss sie vom Bauch durch das Herz aufsteigen lassen und dann in den Arm leiten, so dass sie zu den Fingerspitzen hinausschießen kann. Die Lava darf nicht durch den Kopf fließen, sonst kühlt das Gehirn sie ab, und die Oberfläche erstarrt. Ein Schriftsteller ist nur der Lotse seines inneren Feuers.

Bei mir sitzt die Lava im Herzen fest; das ist zwar besser als vorher, als ich sie nicht einmal mehr in meinem Bauch fühlen konnte, aber es ist noch ein langer Weg. Ich spüre, dass es noch nicht heiß genug in mir brennt.

Madeleine,
drei Jahre nach Tag A

Der junge Mann ist nett, ich hatte recht. Er kümmert sich die ganze Zeit um mich. Ich habe nicht recht verstanden, ob er ein richtiger Pfleger ist oder etwas anderes. Manchmal antwortet er nicht auf meine Fragen, oder vielleicht verstehe ich auch seine Antworten nicht, aber das ist mir egal, ich fühle mich wohl, wenn er da ist. Außer wenn er putzt, wo ich es doch schon gemacht habe, das ärgert mich ein bisschen. Ich sage ihm, dass alles sauber ist, dass ich gerade geputzt habe, und dann sagt er: »Ja, aber doppelt hält besser.« Das sagt er auch, wenn es ums Essen oder ums Duschen geht; ich erkläre ihm, das sei gerade geschehen, erst vor ein paar Minuten, ich würde mich sehr gut erinnern, ich sei doch nicht verrückt. Und dann antwortet dieser junge Mann: »Ja, aber doppelt hält besser.« Tja, dann tue ich es eben, um ihm eine Freude zu machen, oder einfach damit er aufhört.

Juliette und Robert sind so lieb, sie kommen mich besuchen. Letztes Mal habe ich ihnen gesagt, ich fände es nicht gut, dass meine Schwester mich nicht öfter besuchen kommt, vor allem jetzt, wo ich Witwe bin. Ich habe genau gesehen, dass ihnen das auch Kummer macht. Sie vergöttern ihre Tante, das ist normal, sie macht ihnen ja auch immer Geschenke und kauft ihnen Eis. Alle lieben meine Schwester, nur Thomas, mein Mann, hat sich zu Anfang unserer Ehe einmal mit ihr gestritten. Aber ich will nichts Schlechtes über ihn sagen, der Ärmste ist ja tot.

Thomas,
sechs Jahre nach Tag A

Immer häufiger kommt es jetzt vor, dass Mama bei meinen Besuchen nicht mit mir spricht, kein Wort. Sie reagiert nicht, wenn ich ihr einen Kuss gebe, oder stößt mich matt zurück, und dann ist drei Stunden lang Funkstille. Egal wo wir in diesem Moment sind, ob in ihrem Zimmer oder in einem Raum mit anderen Kranken, sie sagt nichts mehr. So als würde sie mich gar nicht sehen. Ganz selten sagt sie ein paar Worte zu mir – oder vielmehr, sie spricht ein paar Worte in meiner Gegenwart –, aber ich merke ganz genau, dass sie überhaupt nicht weiß, wer ich bin. Schon lange bin ich nicht mehr ihr Sohn, aber jetzt bin ich nicht einmal mehr ihr Pfleger, und auch nicht mehr der nette junge Mann. Bingo: doppelt vergessen. Ich gehöre zum Dekor wie alle anderen. Ich spreche trotzdem mit ihr, so gut ich kann, auch wenn ich manchmal nicht viel zu erzählen habe.

Immer öfter kommt jetzt eine der Schwesternhelferinnen, wenn ich da bin. Am Anfang begrüßte sie mich nur kurz, wenn wir im Gemeinschaftsraum waren, und erzählte mir, was Mama so machte. Zuerst ist mir nicht aufgefallen, dass sie hübsch ist, ich sprach ja nicht mit einer Frau, sondern mit einem Wesen, das sich um meine Mutter kümmerte. Allmählich tauschten wir uns nicht mehr nur über Mama, sondern auch über uns aus, Belanglosigkeiten zu meinem Beruf oder ihrer Freizeit. Dann gingen wir zum »du« über, sie kam regelmäßig in Mamas Zimmer, und wir lernten uns besser kennen. Es dauerte jedes Mal ein bisschen länger, bis sie das Bett frisch bezogen, sich um Mama gekümmert und ihr ihre Medikamente gegeben hatte, und jedes Mal freute ich mich ein bisschen mehr, sie zu sehen. Sie stellte mir immer präzisere Fragen: »Ich bin sehr neugierig, das stört dich doch hoffentlich nicht?« Und ich fragte zurück.

Neulich wollte sie wissen, ob ich eine Freundin hätte, und ich antwortete: »Nein.« Da fragte sie weiter: »Aber vielleicht einen Freund?« Das haute mich vom Hocker. Diese Frage hatte mir noch nie jemand gestellt. Die emotionale Wüste, in der ich mich seit der Trennung von Emma befand, hatte sich wohl nicht besonders günstig auf mich ausgewirkt. Als sie sah, wie verblüfft ich war, erklärte sie sofort, dass ihrer Erfahrung nach Homosexuelle sehr viel häufiger zu ihren Müttern kämen als andere. »Ich sage natürlich nicht, dass das immer so ist, aber es trifft schon oft zu.« Ich sagte ihr, ich sei ein »anderer«, der oft zu seiner Mutter komme, worauf sie lächelnd antwortete: »Und dazu noch einer, der keine Freundin hat!« Dann zwinkerte sie mir zu und ging. Es war kein aufreizendes Zwinkern, eher sanft, irgendwie niedlich.

Sie heißt Clara.

Madeleine,
drei Jahre nach Tag A

Eigentlich glaube ich, dass der junge Mann gar kein Krankenpfleger ist. Er geht nur zu den Leuten, um ihnen zu helfen, so kommt es mir jedenfalls vor. Gefragt habe ich ihn zwar nicht, aber ich weiß, dass ein richtiger Pfleger nicht den ganzen Tag dableibt, also muss er eine Art Familienhelfer sein. Aber ich nenne ihn Krankenpfleger, das freut ihn. Ich sage ihm, er solle doch Arzt werden, das bringe mehr Geld. Meine Tochter habe ein Maklerbüro, und mein Sohn sei, ach das Wort falle mir gerade nicht ein, also so ein Justizdings, das seien doch gutbezahlte Berufe. Aber der Pfleger sagt nein, es gefalle ihm, was er tue, er kümmere sich gern um mich. Schrecklich finde ich nur, dass er mich manchmal ins Krankenhaus bringt zum … wie nennen sie das noch gleich, diese Blödmänner? Ach ja, »Gedächtnistraining«. Da machen sie so schwachsinnige Sachen, damit ich mich erinnere. Fragen über Fragen, oft komme ich zu derselben brünetten Frau, sie ist sehr nett, aber sie fragt mich jedes Mal nach meinem Geburtstag, nach dem Namen meines Mannes und denen meiner Kinder, immer dasselbe dumme Zeug. Ob allein oder zu zweit, immer setzen sie mir dasselbe vor. Die andere Frau kann ich nicht leiden. Mit ihr muss ich Spiele mit Zahlen, Listen oder Gegenständen machen, aber man kann nichts gewinnen, das ist vollkommen sinnlos. Ich bin immer froh, wenn der nette junge Mann mich wieder holen kommt, denn das bedeutet, dass das Training zu

Ende ist. Und dann: Krankenhaus, ade! Er bringt mich wieder nach Hause.

Am Anfang dachte ich, er sei es, der mir meine Scheckhefte stiehlt. Die ersten beiden verschwanden nämlich sehr kurz hintereinander, und da wurde ich misstrauisch. Das erste war da, wo es hingehörte, in dem großen Lederportemonnaie, unten in meiner Handtasche, und es verschwand wie durch Zauberei. Ich ging zur Bank, der junge Mann fuhr mich dorthin (er will nicht mehr, dass ich selbst fahre, damit geht er mir manchmal ganz schön auf die Nerven), und ich bat sie, mir ein neues Scheckheft auszustellen. Als ich es bekam, verstaute ich es in meiner Tasche und passte genau auf, aber zwei Tage später war es schon wieder verschwunden! Danach beobachtete ich den jungen Mann sehr genau, wie eine Privatdetektivin, und jedes Mal wenn er ging, schaute ich nach, ob mein Scheckheft noch in meiner Handtasche war: Alles in Ordnung, der junge Mann war es nicht. Aber wer bestahl mich dann? Denn als ich am nächsten Morgen aufwachte, war das Scheckheft schon wieder verschwunden, und ich musste wieder eines bei der Bank beantragen! Dann fand ich ein gutes Versteck, wo ich es hinlegen konnte, aber wieder dasselbe: gestohlen, verschwunden. Nach einer Weile wollte der Pfleger mich nicht mehr zur Bank bringen, also rief ich dort an, aber die Bank wollte mir keine Scheckhefte mehr ausstellen, sie erklärten: »Sie haben nicht gründlich genug gesucht, Madame, es kann nicht sein, dass man Ihnen diese ganzen Scheckhefte stiehlt, außerdem benutzt niemand die Schecks, wir kontrollieren das alles, Madame, sie müssen sie irgendwo verlegt haben. Suchen Sie noch einmal!«

Ich sagte, sie sollten sich zum Teufel scheren, Gaunerbande! Ich kann doch wohl noch ein Scheckheft suchen, und ich weiß genau, dass Leute hereinkommen, während ich schlafe, und mir meine Scheckhefte stehlen. Danach legte die Bank immer auf, wenn ich anrief, und dann, ich weiß nicht weshalb, funktionierte das Telefon nicht mehr wie sonst, ich konnte es nicht mehr benutzen; wahrscheinlich ein Trick von den Leuten, die nachts kommen, wenn ich schlafe, und jetzt kann ich nicht einmal mehr telefonieren.

Ganz schön gerissen!

Thomas,
sechs Jahre nach Tag A

Meine Reaktion auf Claras Zwinkern setzte erst ein paar Stunden später ein. Im Nachhinein. Ich fuhr nach Hause, wie üblich, ich duschte, wie üblich – ich dusche immer, wenn ich vom Altersheim nach Hause komme –, und plötzlich fiel mir ihr Zwinkern wieder ein. Ich spürte ein Kribbeln, so als ob die Erinnerung an ihre Wimpern mich kitzeln würde. Ich schaltete den Fernseher ein, aber ich sah nur in Endlosschleife Claras hübsches Gesicht und wie sie mich anlächelte und mir zuzwinkerte. Ich legte mich aufs Sofa, schaltete den Ton aus und dachte an sie.

Seit mehreren Tagen tue ich jetzt nichts anderes mehr. Ich kann es kaum abwarten, nachmittags ins Heim zu gehen, und hoffe, dass sie Dienst hat. Ich überlege genau, was ich anziehe. Und gestern habe ich sogar eine Flasche Aftershave gekauft. Die Verkäuferin ließ mich mehrere Düfte ausprobieren, zwei auf meinen Handgelenken, und einen dritten sprühte ich auf meinen Hals. Sie roch an meiner Haut, ich konnte ihren Atem spüren und bekam eine Gänsehaut. Ich hatte schon lange keine Gänsehaut mehr bekommen. Ich musste unwillkürlich an Clara denken, an ihren Atem an meinem Hals, und dann stellte ich mir vor, wie ihr Atem über meinen ganzen Körper strich.

In den letzten Tagen hatte ich nicht den Mut, aber heute lade ich sie ganz sicher ein. Ich weiß nicht, wozu, vielleicht zu einem Drink oder ins Kino oder ins Restaurant, egal, ich lade sie ein. Ich kann es kaum erwarten, sie zu sehen; um diese Zeit ist sie normalerweise schon da, geht umher und kümmert sich um die Kranken. Mir ist aufgefallen, dass sie sich in letzter Zeit viel um Mama kümmert. Sie sagt, sie möge sie gern. Ich fragte sie, warum, Mama kommuniziere doch auch nicht mehr als andere, aber Clara sagte, doch, sie kommuniziere, nur auf ihre Art und Weise. Ihrer Meinung nach behält jeder Patient trotz Alzheimer noch lange tief im Inneren irgendeine Art Verbindung zur Außenwelt. Schön und gut, aber ich sehe doch genau, dass ich kein bisschen mehr für Mama zähle, ich existiere sozusagen nicht mehr. Und das Schlimmste ist, dass ich aufgegeben habe, ich habe mich damit abgefunden, dass sie keine Verbindung mehr mit mir hat. Clara sagt, wichtig sei nicht, dass es noch eine Verbindung mit einer bestimmten Person gebe, sondern, dass es überhaupt eine Verbindung gebe, egal, woran sie sich festhalte oder worauf sie sich stütze, egal, ob das immer gleich sei oder wechsle: »Solange eine Verbindung besteht, ist noch Leben da, oder besser gesagt Menschlichkeit, denn wenn die Menschlichkeit verschwindet, ist das Leben … dann möchten alle, dass man aus dem Leben geht.« Ich wusste, dass Clara von meiner nahen Zukunft mit Mama sprach: Wenn sie nur noch vor sich hin vegetierte, würden wir uns bloß noch eines wünschen, nämlich, dass es nicht ewig dauern möge. Genau bedacht ist es schrecklich: Wenn alles normal läuft, werde ich mir bald wünschen, das Mama schnell stirbt.

Clara hat mir von Mamas Verbindung erzählt, sie kann sie spüren, wenn sie sie wäscht. Oft schimpft Mama, schlägt um sich, aber wenn man ganz sanft ist, dann beruhigt sie sich nach einer Weile, schließt die Augen und atmet ruhiger. Dann legt sie sachte ihre Hand auf die Hand, die den Schwamm hält, und folgt den kreisenden Waschbewegungen. Wie eine Zärtlichkeit, zu der sie sich nicht mehr aufraffen kann, die nur ein Wunsch bleibt.

Ich liebe diese Geste, ich liebe diesen Wunsch. Solange es sie gibt, lebt Mama noch.

Madeleine,
drei Jahre nach Tag A

Froh zu sein bedarf es wenig, und wenn man … Mist!

Froh zu sein bedarf es wenig, und wer rot ist … Ach, so was Dummes!

Froh zu sein bedarf es wenig, und man muss … Nein!

Froh zu sein bedarf es wenig, denn man muss nur … Auch nicht!

Froh zu sein bedarf es wenig, denn wer froh ist, lebt wie ein … Das kann doch nicht sein!

Rot zu sein bedarf es König, und wer rot ist, ist ein wenig! Na endlich! Endlich hab ich's geschafft!

2

Die Lügen

Thomas,
sechs Jahre nach Tag A

»Es geht ihr gut hier, oder?«

»Ich weiß nicht.«

»Aber natürlich geht es ihr gut! Nicht wahr, Mama, es geht dir gut?«

»Hör auf, Juliette, sie antwortet dir ja doch nicht.«

»Ich bin sicher, es geht ihr hier gut. Du siehst doch, dass sie nicht allzu viel abgenommen hat, das Personal kümmert sich gut um sie, sie spielen mit ihr.«

An manchen Sonntagen besuchen wir Mama alle drei zusammen. Wir treffen uns in ihrem Zimmer, sitzen bei ihr, die Zeit vergeht langsam, und wir sind traurig.

»Ich denke auch, dass es ihr gutgeht. Sie schlägt in der letzten Zeit weniger um sich, oder?«

»Ja, aber dich hat sie sowieso nicht so oft geschlagen, Robert, ich weiß nicht, warum. Juliette dagegen musste manchmal eine ganze Menge einstecken.«

»Ja, das stimmt, mir hat sie manchmal kräftig eine geklebt! Stimmt's, Mama, du hast mir kräftig eine geklebt?«

»Hör auf damit, Juliette! Und ich darf euch beide daran erinnern, dass ich den Rekord halte, was Mamas Ohrfeigen angeht. Da bin ich Sieger auf der ganzen Linie!«

»Ja, du hast recht, dagegen kommen wir nicht an. Aber mich beschimpft sie mehr als euch.«

»Na ja …«

»O doch! Sie redet die ganze Zeit von meinen Eiern, ist euch das nicht aufgefallen? Weichei hier, Weichei da!«

»Sie mag halt deine Eier! Nicht wahr, Mama, du magst seine …«

»Juliette!«

Wir sind traurig, darum lachen wir oft.

Madeleine,
drei Jahre nach Tag A

Es geht eigentlich ganz gut. Ja, ich muss sagen, es geht gut. Doch, Herr Doktor, wenn ich es doch sage. Ja, ich erinnere mich an alles, im Allgemeinen, ja. Manchmal vergesse ich ein paar unwichtige Dinge, aber ansonsten ist alles in Ordnung. Ihnen würde ich doch nichts vormachen, Herr Doktor! Wir machen uns doch gegenseitig nichts vor, wir wissen doch Bescheid, die Tempelritter, der 11. September und so. Die Medikamente? Gut. Ja, ja. Bestens. Außerdem sorgt Ihr junger Pfleger dafür, dass ich sie nehme. Na der, der im Wartezimmer geblieben ist! Ja, ich weiß, dass er kein Krankenpfleger ist, eher ein Familienhelfer, aber ich tue ihm den kleinen Gefallen. Nein, nicht mein Sohn, der ist bei der Arbeit, da hat er keine Zeit, sich um mich zu kümmern, der Arme, und außerdem ist das ja auch nicht sein Beruf! Aber nein, ich habe Ihnen doch schon gesagt, dass Robert nicht im Wartezimmer ist. Thomas? Der Krankenpfleger soll Thomas sein? Also, ich weiß nicht. Ich nenne ihn den netten Jungen. Aber ich gebe zu, Herr Doktor, bei dem netten Jungen, bei dem Pfleger, ja, da brauche ich manchmal ein bisschen, bis ich weiß, wer er ist, ja, ein bisschen vergesslich bin ich schon. Das gebe ich zu. Ich will Ihnen nichts vormachen, Herr Doktor, wir verstehen uns doch. Aber das hält nie lange an, nein! Aber nicht doch, er begrüßt mich, ich frage ihn, dann sagt er mir, dass er jeden Tag kommt, und dann weiß ich, dass er es ist. Es ist immer derselbe. Ja, sicher! Ganz sicher? Ach, ich weiß nicht, vielleicht kam ein- oder zweimal eine Vertretung, ja. Vielleicht. Aber der Kreis macht doch alles einfacher, die Templer, der 11. September und all das, das wissen Sie ja genauso gut wie ich. Schon gut, ich weiß, was Sie sagen wollen, wir dürfen nicht darüber sprechen, kein Sterbenswörtchen. Wie bitte? Ja, ich gehe immer noch ins Krankenhaus. Ja, sehr gut, sehr, sehr gut, vor allem die Spiele, ja bestens, es geht voran, wir haben Spaß, alles bestens. So so so. Also, ich will sie nicht zu lange aufhalten, da sind noch viele Leute im Wartezimmer! Ganz schön erfolgreich, Herr Doktor, so wie meine Tochter mit ihren Häusern und so. Hut ab, Herr Doktor, Sie verdienen sicher gut. Ja, auf Wiedersehen, Herr Doktor. Sie wollen den jungen Mann sehen? Ich glaube nicht, dass er krank ist. Sie wollen ihn trotzdem sehen? Gut, einverstanden.

Ja, ja, ich warte draußen, bestens. Nein, ich gehe nicht weg, versprochen. Ich schwöre es.

Thomas,
sechs Jahre nach Tag A

Ich habe in allen Gemeinschaftsräumen nachgeschaut, Mama ist nicht da. Sie wird wohl in ihrem Zimmer sein. Während ich die vier Etagen zu Fuß hochgehe – den Aufzug nehme ich nicht, weil ich in der letzten Zeit etwas zugenommen habe und mich ein bisschen mehr bewegen muss –, frage ich mich, ob Clara heute Nachmittag arbeitet, denn auch sie habe ich nicht gesehen. Gestern Abend im Restaurant ist es eigentlich ziemlich gut gelaufen, ich habe ihr Dutzende Fragen gestellt, weil ich Gesprächspausen nicht ausstehen kann, und auch, weil ich sie gern sprechen höre, aber ich habe sie nicht gefragt, ob sie heute arbeitet. Ich würde sie gern sehen. Sie war so schön gestern, schick angezogen, so hatte ich sie noch nie gesehen, hier trägt sie immer ihre helle Schwesterntracht und Plastikschuhe. Als sie ins Restaurant kam, in einem einfachen schwarzen Kleid und Schuhen mit hohen Absätzen, bekam ich ganz große Augen; ich hoffe, das ist ihr nicht aufgefallen. Wir lachten und erzählten uns alles Mögliche, aber wir haben uns nicht geküsst. Ich habe es nicht versucht. Ich will nichts übereilen. Und ich wäre mir auch gern ein bisschen sicherer.

Vierte Etage, ich bin ein bisschen außer Atem. Am Ende des Flures entdecke ich Clara, sie steht an Mamas Zimmertür, lehnt am Türrahmen und schaut ins Zimmer hinein. Während ich auf sie zugehe, bekomme ich Angst.

»Hallo, Clara. Was ist los?«

»Hallo! Nichts Schlimmes, keine Angst. Aber ich lasse sie lieber in Ruhe, vielleicht ist sie ja gleich fertig. Schau mal.«

Mama steht mit dem Rücken zu uns, nicht weit von der Tür. Ihre rechte Hand ist geschlossen, sie schwenkt sie ein paarmal vor und zurück und öffnet sie dann ganz plötzlich. Ihr Blick ist auf die Wand gerichtet. Jetzt hebt sie ihren rechten Fuß und stellt ihn auf ihren linken; sie muss die Arme ausbreiten, um das Gleichgewicht nicht zu verlieren. Sobald sie halbwegs sicher steht, bewegt sie sich auf seltsame Weise vorwärts, mit kleinen Hüpfern, und plötzlich stellt sie ihren rechten Fuß wieder auf den Boden.

»Was macht sie da?«

»Siehst du das nicht?«

»Nein.«

»Warte, sie ist noch nicht fertig, es geht gleich weiter.«

Mama nimmt ihre merkwürdige Tätigkeit wieder auf: Sie stellt einen Fuß auf den anderen, springt etwas unbeholfen vorwärts und stellt dann ihren Fuß wieder ab. An der Wand angekommen, hüpft sie ein letztes Mal und wirft ihre Arme in die Luft. Sie wirkt ganz aufgeregt.

»Na, hast du jetzt verstanden?«
»Nein, immer noch nicht.«
»Ich glaube, sie spielt Himmel und Hölle.«
»Himmel und Hölle?«
»Ja, ich schaue ihr schon eine Weile zu, ich bin mir fast sicher.«
»Aha!«
»Schau, es geht weiter, sie kommt wieder auf uns zu. Jetzt zielt sie und wirft den Stein, siehst du? Sie hüpft auf einem Bein, na, jedenfalls glaubt sie das. Jetzt stellt sie beide Füße auf den Boden, weißt du, da wo die zwei Zahlenkästchen nebeneinander sind, jetzt hüpft sie wieder auf einem Bein – huch, sie verliert ein bisschen das Gleichgewicht – und springt mit beiden Füßen auf die letzten beiden Zahlen nebeneinander. Sie hat den Himmel erreicht, sie hat gewonnen.«
»O ja, du hast recht. Sie sieht zufrieden aus.«
»Ja, den Eindruck habe ich auch.«
»Und gewinnt sie immer?«
»Ja. Jedenfalls seit ich ihr zusehe. Sie hat es schon mindestens zehnmal hintereinander geschafft. Ihre Hüpfer finde ich gar nicht mal so beeindruckend, aber den Stein werfen, das kann sie wirklich! Sie trifft immer genau. Mir ist das nie so oft hintereinander gelungen, obwohl du hier gerade vor einer ehemaligen Himmel-und-Hölle-Profi-Hüpferin stehst. Der Schrecken der Schulhöfe!«

Ich lache, und sie lächelt. Sie ist glücklich, weil sie mich zum Lachen gebracht hat. Ich lege meine Hand auf ihren Rücken und lasse sie wandern.

»Finger weg, Don Juan! Wenn uns jemand sieht, bekomme ich Probleme.«

»Oh, Entschuldigung.«

»Aber heb es dir ruhig für ein andermal auf. Übrigens, das nächste Mal lade ich dich ein. Nicht ins Restaurant, sondern zu mir, ich würde gern für dich kochen. Ist das okay für dich?«

»Was immer du willst. Dem Schrecken der Schulhöfe werde ich doch nicht widersprechen!«

»Gut so! Denn beim Murmelspiel mit den Jungen habe ich auch immer gewonnen.«

»Hut ab!«

»Denen hab ich's gezeigt, sag ich dir.«

Sie schaut rasch rechts und links den Flur entlang und gibt mir einen kleinen Kuss auf den Mund. Und dann setzt sie ihre Runde durch die Zimmer fort.

Etwas verdattert und lächelnd bleibe ich einen Moment dort stehen. Nach ihrem Kuss fühlen sich meine Lippen auf einmal weicher an.

Dann löst sich der Nebel vor meinen Augen auf. Ich sehe wieder klar und kehre in die Realität zurück. Mama macht vor ihrem Bett weiter mit ihrem komischen Gehüpfe. Sie wirft den Stein, ein Bein, beide Beine, noch einmal ein Bein, beide Beine, und der letzte Sprung. Sie lächelt und wirft die Arme hoch, sie hat wieder gewonnen.

Mama ist im Himmel.

Madeleine,
drei Jahre nach Tag A

»Sechs mal zwei macht zwölf. Sechs mal drei, achtzehn. Sechs mal vier, vierundzwanzig.«

»Ja, gut, machen Sie weiter.«

»Sechs mal fünf, dreißig, sechs mal sechs, sechsunddreißig!«

Das ist einfach. Aber die mit ihren Übungen, manchmal könnte man wirklich glauben, ich wäre ein Grundschulkind und müsste das Einmaleins lernen. Ich habe diese Trainingssitzungen so satt!

Ich bin gern in die Schule gegangen. Ich erinnere mich noch, eines Tages war ich gefallen und hatte mir das Knie aufgeschlagen, weil ich einen Rock anhatte. Es blutete stark, und ein kleiner Hautfetzen hing herunter. Ich weinte so sehr, dass die Lehrerin mir ein paar Bonbons gab. Sie hatte welche in der Schublade. Das überraschte mich, denn ich dachte, eine Lehrerin hätte nur Stifte, Papier, Zirkel und Kreide in ihrem Pult. Aber nein, es gab auch diese Lakritzbonbons. Die trösteten mich schnell, zugegeben. Die nette Lehrerin starb eines Tages, aber das wurde uns nicht gesagt, ich erfuhr es erst Jahre später. Für sie kam ein seltsamer Mann, den wir überhaupt nicht mochten. Wir Freundinnen nannten ihn Dracula, weil er so weiße Haut hatte und allen Kindern Angst einjagte.

»Madeleine, wir machen weiter wie immer, jetzt etwas Schwereres. Wir fangen an mit siebenundsiebzig, und wir ziehen immer sieben ab, einverstanden?«

»Einverstanden. Siebenundsiebzig. Gut. Siebzig. Ja?«

»Ja, machen Sie weiter.«

»Also siebzig, dann kommt, äh, dreiundsechzig. Danach zwei … äh, zweiundfünfzig?

»Nein.«

»Ich weiß, ich weiß, dreiundfünfzig!«

»Nein, Madeleine. Konzentrieren Sie sich. Dreiundsechzig minus sieben, das macht?«

»Vier … Vierundfünfzig?«

Und ich erinnere mich, dass eines Tages meiner Schwester in der Schule das Mäppchen geklaut wurde. Der Junge, der Nachbarssohn, spielte Fußball, und er hatte so stark geschossen, dass der Ball über das Schultor flog und nebenan bei den Kleinen ein Fenster zerschmetterte. Er wurde bestraft, und zwar ganz schön streng, da haben wir nicht mehr gelacht, an dem Tag auf dem Schulhof. Schule war schön.

»Los, Madeleine, Sie sind nicht bei der Sache. Bitte strengen Sie sich noch ein bisschen an, Sie müssen immer sieben abziehen. Sie sind bei dreiundsechzig.«

»Ja, dreiundsechzig.«

»Also? Dreiundsechzig minus sieben macht?«

Wie die mir auf die Nerven geht! Die andere ist gut, sie ist nett, aber die hier, die ihre Nase so hoch trägt, das ist ja nicht zu ertragen.

»Ich weiß genau, was das macht! Aber ich bekomme Kopfschmerzen davon. Ich höre auf.«

3
Die Bilanz

Thomas,
sechs Jahre und sechs Monate nach Tag A

In nur wenigen Monaten nahm die Entwicklung einen schrecklichen Verlauf. Alzheimer erklärte Mama wirklich den Krieg. Mehrere Male fiel sie, und eines Tages verfehlte sie die letzte Stufe einer Treppe und brach sich den Knöchel. Weil es so am einfachsten war, setzte man sie in einen Rollstuhl, solange sie einen Gips hatte. Der Gips wurde abgenommen, doch Mama stand nie mehr aus ihrem Rollstuhl auf. Vielleicht hatte sie zu lange gesessen und vergessen, dass sie laufen konnte. Jetzt war es vorbei, sie würde nicht mehr laufen, dessen war man sich sicher.

»Man«, das waren die Ärzte. Sie hatten sich schon lange in keiner Weise mehr optimistisch geäußert. Und jetzt war das nächste Stadium eingetreten, der Anfang vom Ende. Ich wurde davon in Kenntnis gesetzt, und man erklärte mir, wie Mama zusehends vor sich hin vegetieren würde. Und dann klärte man mich in pädagogischem Ton darüber auf, was wahrscheinlich in absehbarer Zeit ihren Tod herbeiführen würde: Herzstillstand oder Lungenentzündung. Wie viel Zeit noch? »Man« wusste es nicht. »Man« konnte dazu nichts sagen. Das kam auf den einzelnen Patienten an.

»Denken Sie daran, manche leben zwanzig Jahre mit dieser Krankheit.«

»Aber im Allgemeinen sind es etwa acht Jahre«, sagte mir ein Arzt. »Zwischen sieben und neun«, erklärte einer seiner Kollegen. Ich bin zwar kein Mathematiker, aber mir schien, das käme aufs Gleiche hinaus.

Eine Kommunikation fand endgültig nicht mehr statt. Schon seit geraumer Zeit folge keine Hand mehr den Bewegungen des Schwamms, sagte Clara. Wenn Mama gelegentlich sprach oder Laute von sich gab, so war das nicht mehr an uns Lebende gerichtet, sondern nur noch an sie selbst oder an wer weiß wen. Vielleicht an imaginäre Wesen um sie herum oder in ihrem Inneren.

Clara war ehrlich: »Jetzt fängt die schlimmste Zeit an.« Ich konnte mir kaum etwas vorstellen, was schlimmer war als diese letzten Jahre; da nahm sie mich in die Arme und sagte, sie sei für mich da, für Mama, sie würde uns unterstützen. Clara liebte mich, das war nicht zu übersehen, auch wenn sie es mir noch nicht gesagt hatte; ich liebte sie auch, und ich sagte es ihr oft, weil ich wusste, dass man es mir nicht ansah. Ein gutes Gleichgewicht, fand ich.

Als ich sie fragte, was dieses »Schlimmste« sei, sprach sie von extremer Abmagerung, von totalem Autonomieverlust, der so weit geht, dass man nicht einmal mehr essen kann; nicht in dem Sinne, dass man keine Gabel mehr zum Mund führen kann, nein, das ist ja klassisch.

Ganz am Ende bekommt »nicht mehr essen können« eine wörtliche Bedeutung, der Kranke weiß nicht einmal mehr, was er mit dem Essen, das man ihm in den Mund steckt, machen soll. Kauen, zermalmen, schlucken? Alles vergessen.

Aber es konnte noch besser oder treffender gesagt schlimmer kommen: Wenn sie nicht früh genug starb, könnte sie in ein so unvorstellbares, abartiges Stadium kommen, das ich nie für möglich gehalten hätte: Sie würde ihren eigenen Speichel nicht mehr herunterschlucken können. Ich bat Clara, das noch einmal zu wiederholen, um sicher zu sein, dass ich es richtig verstanden hätte: Es kommt oft vor, dass die Kranken nicht einmal mehr ihren eigenen Speichel schlucken können.

Was ich befürchtet habe, ist also eingetreten: Ich will, dass Mama stirbt.

Madeleine,
drei Jahre und sechs Monate nach Tag A

Was ist denn das wieder für ein Lärm an der Tür? So etwas Lästiges, nicht einmal bei sich zu Hause hat man mehr Ruhe!

»Wer ist da?«

»Ich bin's, Thomas!«

Thomas? Ich kenne keinen Thomas! Aber diese Stimme, die kenne ich.

»Welcher Thomas?«

»Der Krankenpfleger, der sich um dich kümmert!«

Ein Krankenpfleger? Da erlaubt sich wohl jemand einen Scherz. Aber natürlich, was bin ich dumm! Die Stimme, das ist doch die von meinem Max! Immer einen Scherz auf Lager, um mich zum Lachen zu bringen. Er ist also zurückgekommen? Ach, bin ich glücklich!

»Ach, du bist es! Du hast mir so gefehlt!«

Aber er ist nicht allein! Wen hat er denn da mitgebracht? Nein, ich glaube, ich träume! Das kann doch nicht wahr sein, das ist doch nicht etwa *sie*? Ist sie das wirklich? In *meinem* Haus? Aber was macht sie hier, was hat sie vor? Nein, das kann nicht sein, gleich wache ich auf. Diese Frau kommt her, zu mir, in mein eigenes Haus, und sie wagt es, einfach so vor meiner Nase herumzuspazieren? Und dann tut sie auch noch so, als sei sie hier zu Hause. Sie soll sich bloß von mir fernhalten! Wenn die mir zu nahe kommt, diese Schlampe! Fast hätte sie mir meinen Max weggenommen, hat alles darangesetzt mit ihrer Unschuldsmiene und ihrem Wir-sind-doch-Freundinnen-Gehabe, nur um dann mit meinem Mann ins Bett zu gehen. Verräterin! Und das auch noch während meiner Schwangerschaft. Er hat geschworen, es sei nur ein einziges Mal gewesen, und er würde sie nicht wiedersehen. Und da stecken sie nun die Köpfe zusammen und reden, als ob es mich gar nicht gäbe. Jetzt kommt sie auf mich zu. Und wagt es auch noch, mich anzulächeln!

»Also, ich muss los, ich lass dich jetzt mit Thomas allein, Mama!«

Träume ich oder hat sie mich wirklich »Mama« genannt? Und »Thomas« statt »Max« gesagt? Diese Frau ist nicht nur lüstern, sie ist auch noch verrückt. Und warum kommt sie jetzt auf mich zu?

»Na, willst du mir keinen Kuss geben?«

»Ich soll dich küssen, du Flittchen? Komm, da hast du deinen Kuss!«

Das hat gesessen. Was glaubt sie denn? Dass sie einfach herkommen und mir meinen Max wegnehmen kann? Da wird sie sich noch umgucken!

»Willst du noch eine, du Schlampe? Na, soll ich dir noch eine schmieren?«

Warte nur, gleich fängst du dir noch eine, das wird dir … Aber warum hält Max mich denn fest? Die Ohrfeige hat sie doch verdient!

»Du Schlampe, du kleines Flittchen!«

»Mama, beruhige dich doch! Mama!«

Sie verbünden sich auch noch gegen mich? Max verteidigt sie? Was hat sie mit ihm gemacht, diese Hexe?

»Herumtreiberin, bescheuerte Kuh!«

»Madeleine!«

Max hat mich angeschrien. Richtig laut. Das hat er noch nie getan, er ist so ein wunderbarer Ehemann. Warum tut er mir das an? Ich liebe ihn doch so! Und er schreit mich an. Und das auch noch wegen der da?

»Aber …«

Das ist doch nicht möglich, er wird mich doch nicht für dieses kleine Ding verlassen! Ich habe so große Angst, dass er geht, ich habe … Mein Max!

»Warum machst du denn …?«

Ich merke, wie mir die Tränen in die Augen steigen, ich kann nicht mehr. Ich muss weg.

Ich will nicht, dass Max mich weinen sieht.

Thomas,
sechs Jahre und sechs Monate nach Tag A

Ich habe nachgerechnet. Mein Leben ist jetzt seit beinahe acht Jahren aus dem Gleichgewicht geraten. Acht endlose, schwarze Jahre, voller Melancholie und Tränen, in denen ich mit der Abwesenheit der Toten und auch der Lebenden zurechtkommen musste; und trotz allem habe ich gelebt oder bin besser gesagt am Leben geblieben, habe so getan, als sei ich der Alte, nur innen leer. Jeden Morgen bin ich aufgewacht; jede Nacht habe ich geschlafen, nur ein wenig, aber zumindest habe ich geschlafen, und dazwischen, nun ja, da war nichts. Ich habe an meinen Vater gedacht, meine Freundin verloren, mich um meine Mutter gekümmert.

Nichts.

Und dann sind in der letzten Zeit zwei kleine Wunder geschehen: Clara und das Schreiben. Ich kann nämlich wieder schreiben. Eines Abends, vor etwa einem Monat, als ich aus dem Altersheim zurückkam, ging ich am Computer vorbei und spürte es in meinen Fingerspitzen. Die Lava war wieder da. Es war ein seltsames Gefühl, und zuerst fragte ich mich, ob die Wärme nicht nur ein Aufflackern früherer Gewohnheiten war, eine Art Pawlow'scher Reflex beim Anblick der Tastatur. Aber das war es nicht, ich hatte wirklich Lust zu schreiben. Ich folgte dem Impuls und schrieb aus Mamas Sicht, sprach mit ihrer Stimme über die Krankheit und wie alles seinen Lauf genommen hatte.

Ich wollte in ihre Haut schlüpfen, zu einem Zeitpunkt, als von ihr selbst kaum noch etwas darin steckte.

Was ich schreibe, ist natürlich Fiktion, aber nicht ausschließlich. Wer könnte meiner Mutter denn besser die Stimme verleihen, die sie verloren hat, als ich? Wer sonst dürfte sich ihrer Worte bemächtigen, ihrer Ausdrücke, der Ängste, von denen sie mir erzählte? Am ersten Tag schrieb ich fast fünf Stunden lang; endlich war da wieder dieses vergessene Gefühl, die Befriedigung, loszulassen, außerhalb der Zeit, außerhalb der Welt zu leben. Und diesmal stattdessen in Mamas Welt.

Seitdem schreibe ich weiter, ohne mir Fragen zu stellen. Jeden Tag. Ich habe fast siebzig Seiten geschrieben. Manchmal fällt es mir schwer. Ich schäme mich, manche

Dinge zu schreiben, Mama bestimmte Äußerungen in den Mund zu legen, mir frei erfundene Erklärungen auszudenken für einige ihrer irrationalen Verhaltensweisen. Aber das ist mir egal, ich habe das Recht dazu.

Ich weiß noch nicht, was ich mit diesen Seiten anfange, wenn ich fertig bin. Wenn alles vorbei ist. Vielleicht lasse ich nur ein einziges Exemplar drucken, das ich diskret in Mamas Sarg lege, damit alles unter uns bleibt, zwischen ihr und mir, und sie unsere Geheimnisse mit ins Grab nimmt.

Madeleine,
drei Jahre und sechs Monate nach Tag A

Ich bin sauer. Ich hab die Nase voll, gestrichen voll. Niemand kümmert sich mehr um mich, außer diesem jungen Mann. Max ist immer noch weg, ich weiß nicht wo er steckt, der andere auch, und wo der steckt, weiß ich auch nicht. Ich bin es so leid! Was macht denn dieser Stuhl da? Noch so eine Bosheit meiner Schwester, dieser blöden Kuh. Nein, sie ist ja eine Liebe. Schlampe. Der Fernseher funktioniert, wann er will, er geht, geht nicht mehr, geht, geht nicht mehr, ich bin es satt, satt, satt. Und diese Schuhe sind das Schlimmste, also wirklich, diese Schuhe, meine Fingerspitzen tun weh, da soll einer mit stricken, ganz zu schweigen vom Fernseher, er geht, geht nicht mehr, geht, geht nicht mehr, geht, geht nicht mehr, ich bin es so leid!

Ich weiß nicht, um wie viel Uhr Mama mich zum Essen erwartet, aber mit diesen Schuhen kann ich nirgends hingehen, Schlampe, Mama! Nein, sie ist lieb, nur der Fernseher, der geht, geht nicht mehr, geht, geht nicht mehr, geht, geht nicht mehr, geht, geht nicht mehr, geht, geht nicht mehr, ich hab die Nase voll, Schlampe, geht, geht nicht mehr, außer dem jungen Mann, und auch der, er stiehlt mir meine Schecks, da bin ich mir sicher, darum verstecke ich sie.

Wenn noch Leute da wären, oder wenigstens Hunde, wie der der Lehrerin, gut, die Schuhe, das ginge noch, aber jetzt kann ich nichts machen, so kann ich unmöglich stricken oder irgendetwas anderes tun, ich bin es leid, oh, da geht jemand den Flur entlang, wer ist das denn jetzt wieder, ach, das ist der junge Mann, er geht durch den Flur, der junge Mann, der sich um mich kümmert, geht durch den Flur, er muss die Schecks haben, der Dieb, ich kann mir jetzt keinen Fernseher mehr kaufen, er geht nicht mehr, er geht, er geht nicht mehr, er geht, er geht nicht mehr. Er geht. Wenn es darum geht, dann nein, kommt nicht in Frage, irgend so ein Stuhl, die Schuhe, Max und sein Freund da, Thomas, sie sind weggegangen, und ich weiß nicht, wohin, möchte wissen, um wie viel Uhr sie zurückkommen, dieser Thomas hat einen schlechten Einfluss auf meinen Sohn, ich hab die Nase so voll, wie im Fernsehen, wieder so ein Ding des Krankenpflegers, dieser blöde Kerl, klaut mir meine Schecks und bastelt nachts am Fernseher herum. Er geht, er geht nicht mehr, er geht, er geht nicht mehr, er geht durch den Flur, er ist an allem schuld, ich werde ihn schlagen, wenn er weiter so durch den Flur läuft und an dem Fernseher herumbastelt, oder vielleicht hat er jemanden versteckt. Ich habe Hunger, und Mama, die regt mich auch auf.

Mama hat nur noch eine Brust, die Ärmste, wegen der Krankheit. Das war sehr hässlich, nur eine Brust, schrecklich, wenn man das so sieht, eine normale Brust und daneben eine abgeschnittene Brust, das ist ekelhaft. Aber im Fernsehen sieht man ja nur so was, Brüste, außer wenn er nicht geht, manchmal geht er, manchmal geht er nicht mehr, der Fernseher. Ich hab die Nase so gestrichen voll! Blöder Fernseher.

Nein, sie ist lieb.

Schlampe.

4

Der Alltag

Thomas,
sieben Jahre nach Tag A

Drei Stunden jeden Tag mit einem Niemand, das ist lang. Ich sitze bei ihr, halte ihre Hand, wenn sie sich nicht dagegen sträubt, aber ich bin allein. Manchmal stelle ich mir vor, dass sie da eingeschlossen ist in einen winzigen Zellhaufen in einer Ecke ihres Hirns, und dass sie alles hört, was ich ihr sage, wie manche, die im Koma liegen. Alle sagen, in Mamas Fall sei das unmöglich angesichts der Läsionen, die die Krankheit im Gehirn verursacht, aber man kann nie wissen, also versuche ich es. Ich habe ja nichts zu verlieren.

Wenn ich ehrlich und vernünftig bin, gebe ich zu, dass es nichts mehr nützt, wenn ich jeden Tag neben ihr sitze: Ob ich da bin oder nicht, ob einer oder hundert um sie herumstehen – sie ist allein. Im Zweifelsfall ist überhaupt niemand mehr da, nicht einmal sie selbst. Dann könnte ich mir ab und zu, bei schlechtem Wetter oder wenn ich krank bin, erlauben, zu Hause zu bleiben, im Warmen, oder mich zu erholen, oder auch einen ersten freien Nachmittag seit Jahren zu genießen. Das würde niemandem schaden.

Das Problem ist, dass ich keine Lust habe, ehrlich oder vernünftig zu sein. Ich habe Lust, meinem Instinkt, meinem Gefühl zu folgen. Und das sagt mir, dass ich bei ihr sein muss, ich finde es notwendig, verspüre das Bedürfnis dazu. Ein Psychologe würde sicher sagen, dass ich das alles mindestens ebenso für mich tue und nicht nur für sie, wegen des guten Gewissens und so, aber das ist mir egal; hier, an ihrer Seite, da ist mein Platz. Manche Blicke haben sich mit der Zeit geändert: Sahen sie mich zuerst als den sich aufopfernden, liebenden Sohn, betrachten sie mich jetzt vielleicht als einen exzessiven oder etwas aus dem Gleichgewicht geratenen Mann. Diese Veränderung nahm ich zum ersten Mal vor ein paar Tagen wahr. Ich stieß wie üblich die Glastür zum Altersheim auf, und als ich einen Krankenpfleger begrüßte, bemerkte ich hinter ihm zwei Schwesternhelferinnen, die mich ansahen und sich etwas zuflüsterten; dann verdrehte die eine die Augen und machte eine Kopfbewegung, als wollte sie sagen: »Pünktlich wie immer, das Muttersöhnchen!« Wahrscheinlich habe ich einen dummen Spitznamen wie alle seltsamen Menschen. Und in den Blicken liegt nicht mehr dasselbe Mitleid und Verständnis wie bisher. Ich weiß nicht, warum sich das geändert hat, aber es ist mir auch egal.

Sogar vollkommen egal. Schon vor langer Zeit habe ich gelernt, Unverständnis zu ignorieren, und zwar gerade aufgrund eines Spitznamens. Ich muss sechzehn oder siebzehn Jahre alt gewesen sein, und ausnahmsweise waren wir mit meinem Vater, der Reisen hasste, nach Italien gefahren, denn er wollte mir das Dorf in der Gegend von Padua zeigen, aus dem seine Eltern kamen, und wir verbrachten ein paar Tage bei unserer alten Tante. Das Dorf war sehr klein und sehr ruhig, so dass dort jede noch so unbedeutende Begebenheit ein Ereignis war. Nach zwei oder drei Tagen bemerkte ich also, dass jeden Tag nach dem Mittagessen, immer zur gleichen Zeit, ein alter Mann mit einer Blume in der Hand am Haus vorbeiging. Ich fragte meine Tante, wer er sei und warum er immer mit einer Blume in der Hand spazieren gehe.

»Er geht nicht spazieren, er geht zum Friedhof.«

»Ach so?«

»Ja, jeden Tag zur selben Zeit, seit mehr als vierzig Jahren.«

»Seit vierzig Jahren?«

»Ja. Und er hat niemals auch nur einen einzigen Tag versäumt. Was immer auch geschieht, um dreizehn Uhr geht er zu Fuß durch das ganze Dorf, er fährt niemals mit dem Auto, nicht einmal, wenn es schneit; bei Wind und Wetter geht er zum Friedhof und bringt seiner Frau eine Blume.«

»Seine Frau ist vor mehr als vierzig Jahren gestorben, und er bringt ihr jeden Tag eine Blume ans Grab?«

»Ja.«

»Der ist ja verrückt, der Typ!«

Das dachte ich wirklich. Mit siebzehn konnte ich mir eine solche Liebe, eine solche Hingabe, eine solche Treue nicht vorstellen. Der alte Mann musste also verrückt sein. Ich fand das sehr lustig, eine gute Geschichte, die ich zu Hause meinen Freunden erzählen würde.

»Weißt du, wie man ihn hier im Dorf nennt?«

»Nein, aber er hat bestimmt einen komischen Spitznamen! Der geblümte Verrückte? Mister Friedhof? Der Totengräber mit den Gänseblümchen?«

»Nein. Alle nennen ihn den ›Amoroso‹!«

»Den ›Amoroso‹? Den Verliebten? Das ist alles? Mehr nicht?«

»Ja. Und das ist sehr viel. Eines Tages wirst du es verstehen.«

Ich zuckte mit den Schultern und kicherte weiter vor mich hin. Am nächsten Tag passte ich den alten Mann ab. Kurz vor dreizehn Uhr sah ich ihn am Ende der Straße auftauchen. Als er langsam am Haus vorbeiging, griff er zum Gruß mit Daumen und Zeigefinger an den Rand seines Hutes; von nahem sah der Mann wirklich sehr alt aus, und er brauchte sehr lange für den Weg. Ich folgte ihm von weitem bis zu dem kleinen Friedhof im Herzen des Dorfes. Ich sah, wie er mühsam vor einem Grab niederkniete, ein Grab, das genau so aussah wie alle anderen, außer dass vorn eine ganz kleine Vase mit einer hübschen weißen Blume stand, die der alte Mann gegen eine hübsche rote Rose austauschte. Und dann sprach er, sprach mit seiner Frau, die seit vierzig Jahren tot war. Das ging lange so, viele Minuten lang, während derer er unaufhörlich mit ihr redete. Dann küsste er seine Hand und legte sie auf den kalten Stein. Nach diesem Kuss erhob er sich äußerst mühsam wieder. Ich trat einen Schritt zurück, damit er mich nicht sah, und rannte nach Hause. Eine ganze Zeitlang blieb ich in meinem Zimmer, bedrückt und traurig. Oder vielmehr gerührt. Meine Tante hatte gesagt, dass ich es eines Tages verstehen würde; ich hatte dafür nur einen Tag gebraucht.

Und anstatt mich jetzt aufzuregen, sage ich mir, dass diese Mädchen, die ihre Augen verdrehen, eines Tages verstehen werden.

Madeleine,
vier Jahre nach Tag A

»Nein!«

»Der Mann wurde in der Nacht von Mittwoch auf Donnerstag in einem weißen Transporter gesehen. Wenn Sie eine Person kennen, auf die diese Beschreibung passt, rufen Sie die Nummer auf dem Bildschirm an.«

»Nicht schon wieder!«

»Jetzt zum Sport, Fußball. Der Start der Champions League sah für die Favoriten nicht gut aus, Barça nur ein Unentschieden im Heimspiel …«

»Nein!«

»… während Manchester United beim Auswärtsspiel verlor, nachdem es in der Halbzeit drei zu zwei stand. Hier sehen Sie das Tor, das in allerletzter Minute die Niederlage besiegelte, eine super Aktion; und hier der Jubel der Sieger.«

»Stopp!«

»Und nun zum Wetter. Die Karte zeigt uns für die Jahreszeit recht milde Temperaturen …«

»Es reicht, Mama, ich schalte den Fernseher jetzt aus. Ich werde ganz verrückt, wenn du immer alles nachsprichst. Morgen kaufe ich dir einen Fernseher für dein Schlafzimmer!«

Thomas,
sieben Jahre nach Tag A

Ich entschloss mich, bei Clara einzuziehen. Eigentlich hatte sie den ersten Schritt gemacht und vorgeschlagen, zu mir zu ziehen, aber ich wollte nicht in dem Haus bleiben, ich brauchte einen Tapetenwechsel. Wir hatten auch überlegt, etwas zu suchen, das weder bei ihr noch bei mir wäre, ein neutrales »bei uns«, aber ich mochte ihre Wohnung, ich fühlte mich dort bereits wohl, ganz zu Hause. Also beschlossen wir, bei ihr zu wohnen. Wir setzten einen offiziellen Umzugstag zwei Wochen später fest, und natürlich rief ich Robert an und bat ihn um Hilfe; völlig unnötig, denn es gab nicht viel zu transportieren. Ich hatte vergessen, dass ich meinen Bruder schon fast umsonst bemüht hatte, als ich bei Mama eingezogen war. Auch damals hatte ich nur wenige Sachen und meinen großen Fernseher gehabt, und dieses Mal war es noch weniger, denn vieles war schon bei Clara, und der große Fernseher hatte vor einigen Monaten seinen Geist aufgegeben. Wir mussten dann auch nur zweimal mit Roberts Auto hin- und herfahren, und die Stoßdämpfer wurden wirklich nicht sonderlich strapaziert vom Gewicht der wenigen nur halb mit Krimskrams gefüllten Kartons und der Kleidersäcke. Wir hätten das auch alles mit einer einzigen Tour schaffen können, aber dann wäre es ja kein richtiger Umzug gewesen, und wir hätten kein Anrecht auf die sakrosankte, von Clara für die tapferen Packer bestellte Pizza gehabt, die zu spät kam und schon fast kalt war, wie es sich gehörte. Ein schöner Tag.

Mein neuer Lebensrhythmus hat sich gut eingependelt, ich habe schon eine richtige Routine entwickelt. Als Erstes öffne ich mühsam ein Auge, so gegen sieben Uhr, wenn Claras Wecker klingelt; normalerweise küsst sie mich, und ich schließe das Auge schnell wieder, denn es ist noch ein kleines Wunder geschehen: Ich kann wieder schlafen. Ich war früher immer ein passionierter Schläfer, und jetzt entdecke ich erneut das unvergleichliche Vergnügen, sieben oder acht Stunden fest zu schlafen, ohne Unterbrechung und ohne allzu viele Albträume; falls ich doch welche habe, nehme ich Clara in meine Arme – beziehungsweise ihr Kissen, wenn sie schon zur Arbeit gegangen ist – und schlafe problemlos wieder ein. Wenn ich dann beide Augen aufschlage, ist es ungefähr elf oder zwölf Uhr, je nachdem, wie inspiriert ich war und ob ich bis drei oder vier Uhr morgens geschrieben habe. Ich schreibe nur nachts, wenn Clara schläft. Bei diesem Rhythmus kann ich nach dem Aufwachen Sport treiben – ich schwimme und bekomme allmählich wieder meine alte Figur, das steht mir nicht schlecht, finde ich, ich sehe nicht mehr so alt aus, ich glaube, ich sehe jetzt wieder so alt aus, wie ich bin – und dann esse ich etwas Leichtes und gehe Mama besuchen. Clara und ich kommen dann fast zur selben Zeit nach Hause, so dass wir den ganzen Abend zusammen verbringen können.

Die Dinge laufen jetzt besser für mich, das merken alle. Juliette und Robert sind ganz vernarrt in Clara, und sie sind glücklich und erleichtert, dass ich mein Leben wieder in die Hand genommen habe und schreibe. Aber mit Mama geht es jeden Tag weiter bergab.

Oft schäme ich mich, dass ich langsam wieder glücklich bin.

Madeleine,
vier Jahre und sechs Monate nach Tag A

Wie herrlich die Sonne scheint! Ich möchte gern spazieren gehen, man muss dieses unglaubliche Wetter doch ausnutzen! Wo sind meine Schuhe? Ach, egal, warum denn Schuhe? Meine Sonnenbrille, und dann kann's losgehen! Ja, ja, du kommst mit, du freust dich, nicht wahr? Du weißt, dass wir jetzt spazieren gehen. Wie er sich freut, wie er mit dem Schwanz wedelt! Heute gehen wir an einen ganz besonderen Ort, das wird großartig, ich sag's dir, das wird dir gefallen! Sitz! Ich muss dich an die Leine nehmen. Halt still, so ist es gut, braver Hund.

Und jetzt raus! Auf geht's! Gott sei Dank habe ich meine Brille, diese Sonne ist unglaublich. Komm, wir gehen an den Strand. Wie schön, den heißen Sand unter den Füßen zu spüren! Eigentlich bin ich ganz froh, dass ich meine Schuhe nicht gefunden habe. Wie ich die Sonne liebe, die Wärme auf meiner Haut!

Ein paar Minuten so bleiben, ganz still, die Sonne auf meinem Gesicht spüren.

Erfüllung! Glück! Der Hund ist auch glücklich, er reckt sich und schnurrt fast wie eine Katze da auf dem glühend heißen Sand.

»Na, was hab ich dir gesagt, Marnie?«

Hier geht es uns gut, so gut!

Ich wünschte, dieser Augenblick ginge nie vorbei.

Thomas,
sieben Jahre und sechs Monate nach Tag A

Mama ist im Endstadium. Alle spüren es. Clara ist es gewohnt, sie ist sehr behutsam, wenn ich mit ihr darüber spreche, aber auch sie denkt, dass es nicht mehr lange dauern wird. Ein paar Wochen. Vielleicht ein paar Monate. Juliette und Robert sind genauso niedergeschlagen wie ich. Sie rufen mich fast jeden Abend an, aber ich kann ihnen nicht viel erzählen. Früher haben sie gefragt: »Wie geht es Mama?« Aber jetzt sagen sie: »Wie steht es heute um sie?« Und wir wissen genau, was das bedeutet. Es ist die Entfernung, die Mama noch von der Erlösung trennt, die Zeit, die ihr noch bis zu ihrem Tod bleibt. Die eigentliche Frage müsste lauten: »Wann wird Mama sterben, was meinst du?« Diese Frage schockiert mich nicht mehr, da ich sie mir selbst jeden Tag stelle. So weit ist es gekommen.

Mama ist oft krank, sie hatte eine Nierenbeckenentzündung, eine schwere Grippe und eine Lungenentzündung. Sie erholt sich zwar immer wieder, aber jedes Mal schlechter, jedes Mal ist sie danach noch magerer, innerlich noch leerer. Jede Krankheit löscht eine der wenigen Spuren, die von ihr noch bleiben.

Seit drei Tagen hat sie eine Blasenentzündung. Sie ist vollgepumpt mit Medikamenten, ich weiß nicht einmal, was man ihr alles gegeben hat, ich frage nicht mehr.

Mama kann nichts mehr machen. Gar nichts mehr. Sie tut nichts mehr von sich aus. Manchmal reagiert sie – oder zumindest ihr Körper – noch, aus irgendeinem unersichtlichen Grund. Und manchmal, aber auch das immer seltener, drückt sie eine Hand, die sie berührt, oder stößt sie zurück. Doch es steckt keine Absicht mehr dahinter, es sind nur noch Reflexe.

Mama reagiert nicht mehr auf Laute, überhaupt nicht mehr. Natürlich spreche ich weiter mit ihr.

5

Die Reste

Madeleine,
fünf Jahre nach Tag A

Der Wolf.

Der Wolf der Wolf der Wolf der Wolf!

Der Wolf! Mama!

Der Wolf der Wolf der Wolf der Wolf! Der Wolf der Wolf der Wolf der Wolf! Mamaaaaaaa!

Drei Wölfe! Drei Wölfe drei Wölfe drei Wölfe drei Wölfe drei Wölfe drei Wölfe drei Wölfe drei Wölfe! Mamaaaaaaaaaaaaaa!

Überall Wölfe überall Wölfe überall Wölfe überall Wölfe überall, Mamaaaaaaa! Mamaaaaaaaaa! Wölfe, Mamaaaaaaaa!

Aber der Wolf, er, oh, der Wolf, nein, ein Mann! Lacht er? Ein lachender Mann.

Mamaaaaaaaa! Ein Mann, der Mann lacht.

Er lacht.

Mama.

Thomas,
acht Jahre nach Tag A

Jedes Mal, wenn das Telefon klingelt, bleibt mir fast das Herz stehen: Es könnte *der* Anruf sein.

Ich fürchte ihn ebenso sehr, wie ich auf ihn hoffe. Ich frage mich ständig, was stärker sein wird, die Erleichterung oder die Trauer.

Ich schäme mich.

Wie kann man sich nur den Tod von jemandem wünschen, den man liebt? Unter welchen Bedingungen hat man das Recht, sich so etwas zu wünschen? Wann ist das akzeptabel? Und ist es gut oder böse?

Das Gute und das Böse, damit kannte ich mich noch nie so richtig aus. Dazu muss ich sagen, dass mein Vater mir in diesem Punkt auch nicht sehr geholfen hat; oder vielmehr hat er mir geholfen, nicht vorschnell ein Urteil zu fällen. Ich war vielleicht dreizehn oder vierzehn Jahre alt, und ich erinnere mich sehr genau an die Fernsehsendung im Abendprogramm, bei der einige Philosophen und Theologen oder Priester über das »Gute« und das »Böse« redeten. Es war schrecklich langweilig – zumal es auf einem anderen Kanal einen guten Actionfilm gab –, aber die Diskussion schien meinen Vater zu fesseln. Ich bat ihn einmal, zweimal, fünfmal umzuschalten; meine zehnte Bitte untermauerte ich neunmalklug: »Diese Debatte ist doch total langweilig. Das Gute bedeutet einfach, nichts Böses zu tun, und das Böse, nichts Gutes zu tun. Schluss, aus, Ende der Debatte. Jetzt schauen wir den Film an!«

Als ich sah, wie mein Vater die Fernbedienung nahm, glaubte ich einen Augenblick lang, ihn mit meiner Hartnäckigkeit und meinen dummen Argumenten überzeugt zu haben, aber er reagierte nicht so, wie ich es erhofft hatte, er stellte nur den Ton ab.

»Na gut, du Schlaumeier, du willst also wirklich nicht nachdenken und bei dieser Diskussion zuhören, du willst wirklich unbedingt umschalten?«

»Ja, bitte, dein Ding da ist wirklich zu blöd.«

»Gut. Aber vorher stelle ich dir eine Frage, und ich gebe dir zehn Sekunden zum Antworten. Wenn du die richtige Antwort gibst, schauen wir den Film. Einverstanden?«

»Klar! Aber keine schwere Frage, bitte.«

»Nein, sie ist sehr einfach. Aber pass gut auf, sobald ich sie gestellt habe, hast du zehn Sekunden für die Antwort. Nicht eine mehr!«

»Ja, hab ich verstanden. Schieß los!«

»Also, Gott taucht vor dir auf …«

»Das fängt ja gut an!«

»Er schnippt mit den Fingern und du befindest dich in einem etwas altmodischen Zimmer. In diesem Zimmer steht eine Wiege, und in der Wiege liegt ein Baby.«

»Ein Baby in einer Wiege? Was für eine Überraschung, ein toller Anfang!«

»Warte, deine Witzchen werden dir gleich vergehen. Gott schnippt wieder mit den Fingern, und in deiner Hand ist plötzlich ein großes Messer. Ein Metzgermesser, riesig und scharf wie eine Rasierklinge. Dann sagt Gott zu dir: ›Ich habe uns gerade nach Österreich ins Jahr 1889 versetzt. Dieses Baby da heißt Adolf Hitler. In zehn

Sekunden kehren wir in die Gegenwart zurück.‹ Was machst du? Du hast zehn Sekunden.«

»Ich soll Hitler umbringen? Echt?«

»Ich weiß es nicht, das sollst du mir ja sagen. Acht, sieben, sechs …«

»Aber ich kann doch kein Baby erstechen!«

»Aber wenn du es tust, rettest du Millionen von Menschenleben! Vier, drei …«

»Warte doch mal, ein Baby, ich …«

»Eins, null! Verloren!«

»So ein blödes Spiel! Die Frage bringt doch nichts! Zehn Sekunden reichen doch nicht, um darüber nachzudenken! Hitler umbringen, klar, aber als kleines Baby …«

»Und? Was ist jetzt gut? Was ist böse? Ihn mit dem Messer zu erstechen oder nicht?«

Ich hatte keine Ahnung, was ich antworten sollte. Da ich nichts sagte, drückte er auf die Fernbedienung und schaltete den Ton wieder ein.

»Bestens. Dann sehen wir uns weiter diese Diskussion an, das hilft dir vielleicht auf die Sprünge.«

Seither habe ich hundertmal über diese Frage nachgedacht. Ich habe oft meine Meinung geändert, je nach Alter und Phase. Im Grunde weiß ich immer noch nicht, was ich tun würde, wenn mir das wirklich passierte. Auch wenn ich mehr als zehn Sekunden Zeit vor der Wiege hätte.

Mama ist weder Hitler noch ein Baby. Aber habe ich das Recht, mir ihren Tod zu wünschen? Vielleicht hätte Papa mir mit einem weiteren klugen Beispiel helfen können, eine Antwort darauf zu finden. Wäre er doch nur noch da.

O nein, mir wird gerade klar, dass ich bald Waise sein werde.

Madeleine,
fünf Jahre nach Tag A

Eins, zwei, drei, vier, fünf, sechs, sieben, acht, neun, zehn.

Eins, zwei, drei, vier, fünf, sechs, sieben, acht, neun, zehn.

Eins, zwei, drei, vier, fünf, sechs, sieben, acht, neun, zehn.

Eins, zwei, drei, vier, fünf, sechs, sieben, acht, neun, zehn.

Eins, zwei, drei, vier, fünf, sechs, sieben, acht, neun, zehn.

Eine Hand. Eins, zwei, drei, vier, fünf.

Die andere Hand. Sechs, sieben, acht, neun, zehn.

Eins, zwei, drei, vier, fünf, sechs, sieben, acht, neun, zehn.

Eins, zwei, drei, vier, fünf, sechs, sieben, acht, neun, zehn.

Eins, zwei, drei, vier, fünf, sechs, sieben, acht, neun, zehn.

Eins, zwei, drei, vier, fünf, sechs, sieben, acht, neun, zehn.

Eins, zwei, drei, vier, fünf, sechs, sieben, acht, neun, zehn.

Eine Hand. Eins, zwei, drei, vier, fünf.

Die andere Hand. Sechs, sieben, acht, neun, zehn.

Eins, zwei, drei, vier, fünf, sechs, sieben, acht, neun, zehn.

Eins, zwei, drei, vier, fünf, sechs, sieben, acht, neun, zehn.

Eins, zwei, drei, vier, fünf, sechs, sieben, acht, neun, zehn.

Eins, zwei, drei, vier, fünf, sechs, sieben, acht, neun, zehn.

Eins, zwei, drei, vier, fünf, sechs, sieben, acht, neun, zehn.

Eine Hand. Eins, zwei, drei, vier, fünf.

Die andere Hand. Sechs, sieben, acht, neun, zehn.

Thomas,
acht Jahre nach Tag A

Mama will nicht sterben. Und doch ist sie gar nicht mehr da, so als wäre es schon zu Ende. Es ist nichts mehr von ihr übrig, nur ihr Herz schlägt noch.

Mama kann nicht mehr essen, wie es abzusehen war. Es war ihr nicht möglich zu sterben, bevor sie an diesen Punkt gelangte. Mama stirbt nicht.

Sie kann auch nicht mehr trinken. Also bekommt sie auch nichts mehr, denn sonst würde sie ersticken; ihr Gehirn weiß nämlich nicht mehr, was es mit diesem Wasser machen soll. Sie würde einatmen und ersticken.

Mama trinkt nicht mehr, also isst sie ihr Wasser in gewisser Weise. Ja, das ist möglich. Sie bekommt geliertes Wasser. Ich hätte niemals gedacht, dass es so etwas gibt: Wasser in kleinen Bechern, mit einer Konsistenz wie Pudding, eine Art Gel, das man ihr mit dem Löffel gibt, denn das ist nicht so gefährlich wie in flüssiger Form. Zuerst verstand ich das nicht, ich dachte, man könne doch ebenso das gelierte Wasser einatmen, aber gerade darin liegt der Vorteil des Gels: Davon erstickt man nicht endgültig. Natürlich leidet man trotzdem, man ringt nach Luft, man windet sich, aber sagen wir mal so, man stirbt auf diese Weise nicht ganz. Wunderbar.

Ich weiß nicht mehr, ob ich sie liebe.

Wenn ich diese Hülle betrachte, die am Leben erhalten wird, weiß ich nicht mehr, was ich empfinde. Das ist unerträglich, es ekelt mich, ich ekle mich vor mir selbst.

Stirb, Mama, schnell. Ich möchte, dass du stirbst, ich wünsche es mir, für dich, für mich, damit ich dich wieder lieben kann wie früher.

Also, ich zähle jetzt bis drei, und dann stirbst du. Eins, zwei, drei! Bist du gestorben, Mama? Nein, du bist nicht gestorben, man könnte denken, du willst nicht sterben. Aber wenn du nicht tot bist, was bist du dann? Wenn man weder tot noch lebendig ist, was ist man dann? Was bist du, Mama?

Versuchen wir es noch einmal, einverstanden? Auf drei: eins, zwei, drei!

Stirb, Mama, stirb schnell, ich flehe dich an. Ich gebe ein bisschen von meinem Leben dafür, dass du sterben kannst.

Madeleine,
fünf Jahre und sechs Monate nach Tag A

Ich mag diese Tauben. Sie lieben Brot, ich schneide das Brot in kleine Stückchen, werfe ihnen die Stückchen hin, und sie stürzen sich darauf. Manchmal streiten sie sich um die Brotkrumen. Vor ein paar Tagen hatte ich noch ein bisschen Brot in der Hand, und da kamen zwei Tauben und setzten sich auf meinen Arm; sie fraßen mir aus der Hand, ja, wirklich, aus der Hand, ich konnte ihren Schnabel spüren. Papa stand hinter mir, er hat sie gesehen.

Manchmal sind sie nicht da, und das ärgert mich, aber wenn ich wiederkomme, sehe ich sie. Sie warten auf mich!

Ich mag diese Tauben. Beim Essen stecke ich ein bisschen Brot für sie in die Tasche. Zum Dank haben die Tauben mir eine Puppe mitgebracht. Ich hatte keine Puppe, aber dank der Tauben habe ich jetzt eine. Es ist ein Junge, wenn er nackt ist, kann man sein kleines Schwänzchen sehen. Ich liebe meine Puppe, die Tauben sind wirklich nett, sie sind auf jeden Fall die nettesten Vögel der Welt, sie fliegen ins Weltall und picken Planeten an, und dann kommen sie zurück, weil sie Brot brauchen, darum gebe ich ihnen das, was ich bei Tisch in meiner Tasche versteckt habe, so können sie dann weiter im Weltall Planeten anpicken und mir Geschenke bringen. Die Tauben haben mir eine Puppe mitgebracht, einen Jungen mit einem kleinen Schwänzchen, Tauben sind die schönsten Tiere der Welt, schöner als Löwen oder das Fernsehen. Danke.

6

Die letzte Reise

Thomas,
acht Jahre und sechs Monate nach Tag A

Wie bei Papa. Dasselbe Leid, genau dasselbe. Derselbe unerträgliche Schmerz.

Nichts kam so, wie ich es mir vorgestellt hatte. Keine Erleichterung, kein »Es war Zeit«, kein »So ist es besser für sie«, auch kein »Jetzt leidet sie nicht mehr«, nein, nichts von alldem. Als ich die Nachricht bekam, war ich kein Sohn, dem das Siechtum seiner Mutter bewusst war und dem man ihre Erlösung verkündete; ich war nichts als ein Sohn, der vom Tod seiner Mutter erfährt.

Genauso wie es ein Gedächtnis für Geschmack oder Geruch gibt, gibt es auch eines für Schmerz. Mein Körper erinnerte sich an Papas Tod, an die Kettenreaktion, die damals eingesetzt hatte, und er machte genau das Gleiche, als die Stimme mir am Telefon sagte: »Es tut uns sehr leid, Monsieur, aber Ihre Mutter hat uns soeben verlassen.«

Zuerst konnte ich nichts mehr hören, dann nicht mehr sprechen, und schließlich verlor ich jedes Gefühl für Zeit und Raum, ich empfand nur eine absolute Leere. Danach kam die Welle, und ich ging unter in einem unermesslichen, unendlichen Schmerz.

Mein Körper konnte nicht mehr.

Clara saß neben mir, als sie anriefen, es war dreiundzwanzig Uhr, und der Film, den wir gerade ansahen, war fast zu Ende. Als das Telefon klingelte und ich auf dem Display »Heim« las, wusste ich sofort Bescheid. Dennoch hoffte ich, es sei ein medizinischer Notfall, eine Entscheidung müsse getroffen werden, die Zustimmung zur Behandlung einer x-ten Lungeninfektion sei gefragt.

Aber nein. Es war *der* Anruf. Der letzte. Ich musste es Clara nicht sagen, meine Tränen sprachen für mich. Ich rief Juliette an, brachte aber kein Wort heraus; da fing auch sie an zu weinen. Ich gab Clara das Telefon, und sie sagte nur: »Wir treffen uns dort.« Dann wählte ich Roberts Nummer und gab das Telefon direkt Clara, die mit ihm zusammen weinte. Ich zog mir eine Jacke über, mir war kalt. In Totenstille band ich mir die Schuhe zu, und dann fuhren wir so schnell es ging zum Altersheim.

Was danach kam, weiß ich nicht mehr.

Thomas,
acht Jahre und sechs Monate nach Tag A

Die Wagenkolonne zur Kirche, Robert, Juliette und ich in der ersten Reihe, Kerzen und Orgelmusik, ein paar Worte, die ich nicht verstand. Die Wagenkolonne zum Friedhof, Mama jetzt für immer neben Papa; Robert, Juliette und ich wieder in der ersten Reihe, Hände haltend, Juliette in der Mitte, das Nesthäkchen sicher und geborgen zwischen uns beiden, einmal an die Schulter des einen gelehnt, einmal an die des anderen. Ab und zu ließ sie eine Hand los, um sich kurz die Tränen abzuwischen, und drückte sie fest, wenn sie sie wieder nahm. So klein und zerbrechlich war sie.

Anschließend der Empfang der Familie in Mamas Haus zum traditionellen Essen oder auch nur für eine Erfrischung für die, die vor Einbruch der Dunkelheit zurückfahren wollten.

Es gab nichts zu erzählen, nur Tränen über Tränen, und immer wieder: »Es ist besser für sie.« Geäußert von Leuten, die überhaupt nicht wissen konnten, ob es besser für sie war, denn sie waren ja nicht da gewesen, weder jeden Tag noch jede Woche und auch nicht jeden Monat, sie hatten nur ein paarmal angerufen in den letzten Jahren.

Dann Tage, die ins Leere liefen, die weder schnell noch langsam vergingen, verdrehte Zeiten, ein paar Minuten Erholung, wenn ich vergaß, aber ich vergaß nie lange.

Nächte, in denen ich nicht wirklich schlief, in denen ich weinend aufwachte, und dann Claras tröstende Arme.

Clara.

Papiere. Behördengänge. Juliette, die wieder Juliette war, alles in die Hand nahm, Robert und mich allerdings immer nach unserer Meinung fragte. Der Notar. Ein bisschen Geld. Nicht sonderlich viel. Das Haus.

Und dann eine Überraschung. Drei Briefe. Drei feste braune Umschläge, die Mama dem Notar vor ein paar Jahren zur Aufbewahrung gegeben hat. In ihrer schönen, feinen, geschwungenen Handschrift unsere drei Vornamen: auf jedem Umschlag ein Name. Wir weinen wieder. Mama hat jedem von uns einen Brief geschrieben.

»Wenn Sie sie sofort lesen möchten, kann ich gerne ein paar Minuten hinausgehen, dann sind Sie ungestört.«

Ich will schon sagen: »Nein, wir lesen sie später.« Aber Juliette kommt mir zuvor: »Ja, gerne, vielen Dank.« Der Notar geht hinaus, aber ich habe keine Lust, meinen Umschlag aufzumachen.

»Wollen wir sie uns gegenseitig vorlesen?«

»Nein, Juliette. Mama hat nicht einen Brief für uns drei geschrieben, sondern einen für jeden von uns. Ich bin dafür, dass jeder seinen Brief für sich liest.«

»Was meinst du, Robert?«

»Ich denke dasselbe wie Thomas. Und egal, was dort steht, ich wäre auf keinen Fall in der Lage, es laut vorzulesen. Wir können ja später darüber sprechen, wenn wir wollen.«

»Einverstanden.«

»Ja, vielleicht später.«

Ich schiebe meinen Sessel zurück und drehe ihn zur Wand. Ich will nicht, dass sie mich sehen. Zuerst taste ich den kleinen braunen Umschlag ab; ich habe den Eindruck, dass er nur eine ziemlich feste Karte enthält, so wie eine Glückwunschkarte. Ich mache den Umschlag so vorsichtig wie möglich auf, und in der Tat, es ist nur eine Art Fotokarton, auf dem einige wenige Sätze stehen. Keine langen Ergüsse, keine seitenlangen Liebesbezeugungen. Danke, Mama, das würde ich nicht ertragen.

Als ich den Karton herausziehe, fällt ein in der Mitte gefaltetes, dünnes Blatt Papier zu Boden; ich habe es im Umschlag übersehen. Ich hebe das Blatt auf, es ist bedruckt, eine Buchseite. Ich untersuche den Umschlag noch einmal genau, aber es ist nichts weiter darin. Ich drehe mich verstohlen nach meinem Bruder und meiner Schwester um. Robert hält eine Art alten Stofffetzen in der Hand, der ihn sehr zum Weinen bringt, und Juliette betrachtet einen winzigen Ohrring, der die gleiche Wirkung auf sie hat. Ich verstehe nicht, warum ich diese Seite habe; ich falte sie auseinander, und weiß schon nach einem Satz, was es ist: eine Seite aus meinem ersten Buch. Sie ist sorgfältig ausgeschnitten, wahrscheinlich mit einem Ziehmesser, und das Papier ist ein bisschen vergilbt. Ich schaue kurz auf die Vorder- und die Rückseite, kann aber nichts Besonderes feststellen, keine Anmerkungen oder sonst etwas, was mir ins Auge fällt. Also lese ich die Karte, die ich in der anderen Hand halte.

»Mein geliebter Thomas,

bald werde ich nicht mehr sprechen können, darum möchte ich dir dies hier zukommen lassen, um dir etwas Wichtiges zu sagen. Du hast die Seite sicher erkannt. Sie ist aus deinem ersten Roman, der in meinem Bücherregal steht. Den du mir geschenkt hast. Mit einer Widmung, weißt du noch? Sieh dir die Seite gut an. Siehst du die vier leicht gewellten Stellen? Die winzigen Kreise, wo die Druckerschwärze ein bisschen verlaufen ist? Das sind die Spuren der ersten Tränen, die ich vergossen habe, als ich etwas von dir las. Es waren nicht die letzten, aber diese hier werde ich nie vergessen. Noch nie hatte ich vor Glück so geweint. Noch nie war ich so stolz, weißt du. Diese Seite ist mir so wichtig! Ich wollte, dass du sie hast. Ich möchte, dass du sie behältst, als Andenken an mich.

Ich werde dich nie vergessen, mein Augapfel.

Deine dich liebende Mama«

Epilog

Madeleine,
fünf Jahre und sechs Monate nach Tag A

Schlaf, Kindlein, schlaf, am Himmel ziehn die Schaf, schlaf, Kindlein schlaf, die Sternlein sind die Lämmerlein … Ich liebe meinen Puppenjungen, er ist so süß, er ist so schön, ich wiege ihn so gern und singe ihm etwas vor. Schlaf mein Baby, jetzt schlaf schön … Oh, da ist Papa!

»Papa, da bist du ja!«

»Ich … Ja, ich bin da.«

»Sprich nicht so laut, er schläft.«

»Wer schläft?«

»Elvis natürlich.«

Also dieser Papa, er fragt manchmal so einen Unsinn! Er sieht sie doch wohl, meine hübsche Puppe, meinen Elvis!

»Wer ist denn Elvis? Dein Baby?«

»Aber nein, Papa! So ein Quatsch, ich bin doch noch viel zu klein für ein Baby! Elvis ist eine Puppe!«

Mein Vater ist vielleicht lustig! Aber eines Tages, später, wenn ich groß bin, dann werde ich ein Baby bekommen. Ich werde in einem Prinzessinnenkleid heiraten, wie Mama auf den Fotos, nur noch schöner, mit einer gaaanz langen Prinzessinnenschleppe, und bei meiner Hochzeit wird es Tauben und Kuchen geben, und dann bekomme ich Babys, richtige, nicht wie Elvis! Ich weiß sogar schon, wie man Babys macht, ja doch, das weiß ich schon.

»Komm, wir müssen gehen.«

»Wohin? In die Schule?«

»Ja, genau, wir gehen in eine neue Schule.«

»Kann ich Elvis mitnehmen?«

»Ja, natürlich kannst du ihn mitnehmen.«

»Hast du gehört, Elvis? Du darfst mit mir in die Schule kommen! Und sogar in eine neue Schule!«

Super! Und in einer neuen Schule, da kann ich ihnen erklären, wie man Babys macht, genial! Ich bin sicher, dass die anderen Kinder das noch nicht wissen, und dann erzähle ich ihnen, wie es sein wird, wenn ich groß bin. Nach meiner Hochzeit mit dem Prinzessinnenkleid, dem Kuchen und den Tauben, bekomme ich mein Baby, einen Jungen, einen echten. Aber ich werde ihn nicht Elvis nennen wie meine Puppe. Nein, wenn ich ein richtiges Baby habe, dann nenn ich es, ähm … Thomas!

O ja, Thomas, das ist ein schöner Name.